獨寵

Anan

그웬돌린
Gwendolyn

contents

interlude. 面具 Mask

Last act. 引誘 Allure

第二章

「花英，一切都還好嗎？」珠熙拍拍花英的肩膀，花英轉過頭。

如今馬上就要進入業界所說的「稅季」，一月申報附加稅的日子即將來臨，基於最好先把能做的事情都做好的想法，珠熙正在鞭策組員們的工作進度。

花英回道：「是，還可以。」

珠熙則低聲道：「好好表現，上面的人很關注你。」

聞言，花英反問道：「是因為跟蹤狂事件嗎？」

珠熙搖搖頭，「不是，是人事異動。花英，你在這次的升遷名單裡。」

對他來說，現在升遷不是問題，別說升遷了，他想辭職的心都滿到頭頂了。

花英最近欲求不滿到快死了。奎元已經搬進他家了，他本以為可以過上隨心所欲調教奎元的日子，但忙碌的稅季就到了。想到一開始申報附加稅，就會湧入無數案件，頭痛的花英說著「這又不確定，請別讓我白高興一場」，然後轉過頭。

奎元最近忙得不可開交。心想「什麼夜店，跟奎元一點也不搭」的想法根本錯得離譜，奎元像以此維生一樣打理起夜店，偶爾還會請教花英稅務相關的問題，然後把問題一個一個解決掉。

雖然住在一起，但兩人能說話的時間大幅減少，因為兩人的生活沒有交集。盡量不加班主義的花英最近很難在九點前下班，而奎元在下午五點就已經出門，準備去夜店上班了。

早上七點左右返家的奎元跟七點四十五分左右要出門上班的花英，頂多只有四十五分鐘的交流時間。好不容易到了週末，可以跟奎元多相處，但那些時間都拿來聊他們平常沒時間說的話，根本沒空來點肢體交流。

再這樣下去，他不會被甩了吧？花英一臉不悅地盯著螢幕，在心裡喃喃自語。

身為夜店社長，不管是領月薪還是其他給薪方式，應該都賺了不少，不過奎元會覺得花英有魅力的部分，大概只在遊戲方面。而遊戲是奎元與他有所連結的第一個交集，毋須多說，也是必要前提。沒了遊戲之後，兩人的關係就算因此產生動搖也不奇怪。

他們最後一次玩遊戲是什麼時候了？花英的視線固定在會計軟體上，腦袋轉了轉。最後一次玩遊戲是上星期，星期天早上，當花英在起居室看報紙碎念的時候，奎元起床了。奎元用沙啞的聲音打招呼，說了聲：「早安。」要走去廁所。

「咪咪呀。」

花英出聲一喚，奎元的身體僵住，他回頭看向花英。

花英覺得他的身體比長相更像貓，尤其是叫他忍耐時，奎元會像發情的貓一樣嚎哭。這麼一想，性欲就開始沸騰，難以壓抑。加上他們已經好幾天完全沒有玩遊戲了，花英十分欲求不滿。

「把衣服脫掉。」話音一落，奎元一臉慌張地脫掉運動服上衣，接著脫掉褲子，連內褲也脫掉。

花英幫他除毛過後，奎元似乎都有按照花英的要求，剃光性器附近的毛，就像孩子的性器一樣乾淨。

當然，下面的東西跟小孩子的手臂一樣粗就是了。

奎元比平時更難為情地低著頭，從陽臺照進來的明亮陽光照亮了奎元的身體。

花英一說：「轉過去。」奎元立刻轉身，渾圓的臀部上殘留著模糊的痕跡。

花英懶洋洋地倚坐在沙發上說：「你可以去廁所了。」

奎元馬上動起來，像是想盡快從花英的視線裡消失，可是，內心也對花英就此放過自己感到失落。在他想關上廁所門的那一刻，花英要求他：「不要關，就這樣開著。」

雖然這個位置花英看不到，可是他聽得到聲音。緊張到腦袋隱隱作痛的奎元慢慢掀開馬桶蓋，握住半挺立的性器。因為太緊張，他連小便都無法順利尿出來。過了片刻，當他開始小便時，奎元不自覺地用另一隻空著的手遮住自己的眼睛。可以的話，他想摀住耳朵，但他做不到。他小便的聲音肯定會傳進了在不遠處，正悠閒躺在沙發上的花英耳裡。

就算確實排乾淨了，奎元的性器依舊挺立，彷彿什麼事也沒有。肯定是聽到排泄的聲音與奮了，花英一臉懶洋洋地譴責道：

「咪咪真色。」

聞言，奎元慌張地左顧右盼，然後立刻低下頭。不過，花英想到他們已經超過一個星期沒有玩遊戲了，搞不好奎元也想玩。

花英讓那樣的奎元跪坐在沙發旁，要求道：「跟我報告你上星期的生活。」

奎元意識到自己的性器差不多站起來了，結結巴巴地說著。

越說，眼眶越是發燙。雖然嘴裡講著沒什麼大不了的日常瑣事，但眼前已經一片空白，好像要射了。好久不見的花英就在眼前，連花英用的體香劑都以非常淫穢的形式刺激著他。而且他連遮掩的陰毛都沒有，花英卻穿著衣服，這差異更讓奎元覺得自己像奴隸，刺激著他的性欲。

他不曉得花英興奮了沒有，但奎元的性器已經滴下汁液了。

「你覺得自己被調教得怎麼樣？」

花英用無情的聲音問道，奎元開口：「我不知……」

那一刻，花英的手指捏了一下奎元的乳頭。

「呼啊！」

發出高亢的鼻音，奎元的身體大幅顫了起來。雖然很痛，但腦袋裡像被銳利的東西刮過一樣，竄過一陣銳利的欲望。

「你不知道不算回答。」

面對花英的指責，奎元回答道：「某、某個程度。」

然後花英笑了。「沒錯，是被調教到某個程度。你如今非常會忍耐，也會撐開後穴，被我插入會哭得很好聽，但我覺得這樣還不夠。之前我也講過，我想要更多。」

花英本想說「如果你討厭這樣的我，就現在拒絕我」，但這句話最終無法說出口。他迫切地希望奎元不要拒絕他。

接著，奎元如他們相遇後做過的一樣，點頭表示知道花英想要什麼。見狀，花英冷笑。

「咪咪啊，把你的內衣褲全部拿來。」

奎元慢慢站起來走動，但他的性器硬挺，沒辦法好好走路，走起來一跛一跛的。

雖然奎元對動作如此可笑的自己感到難為情，臉變得更紅了，但花英沒有笑。當奎元把內衣褲都拿過來時，花英說「還有那邊的」，指向放在運動服上的內褲。

奎元把那件也拿過來後，花英叫他穿上衣服。奎元一穿好，花英就輕聲笑了。奎元咬著嘴唇，而花英輕聲道：

「真可愛。非常、非常可愛。」接著抬頭示意玄關，「把那些都拿去扔掉。」

奎元聽了並未遲疑，雖然花英下達命令的那一刻，他閉了一下眼睛，但他沒有猶豫。花英之前不是預告過了嗎？說要幫他除毛，要燒了他的內褲。

把內褲放進塑膠袋，帶去舊衣回收箱的路上，奎元深怕有人會往塑膠袋裡看，擔心得不得了。身旁有兩三位女生擦肩而過，慶幸的是，她們完全沒看向奎元。

走到舊衣回收箱前面停下腳步，奎元實在沒有勇氣從塑膠袋裡掏出內褲、放進回收箱裡。他偷偷瞄了一圈四周，迅速把整包塑膠袋塞進回收箱裡。

回程路上，少了出門時可以拿來遮掩的塑膠袋，奎元很是困擾。他處於勃起的狀態，從外觀上來看，一眼就能看出來。可以的話，他希望一路上都不要有人。

終於，他回到大樓、搭電梯上樓。踏入家門時，花英看向奎元。

奎元按照花英的要求，在玄關脫下衣服，與絕望相等的興奮蠶食著他，羞恥到想死的感覺讓他活了下來。

屈服於花英的那一刻，他人生的意義隨之綻放。他只能接受花英，這讓奎元更加期盼著花英。他希望花英對他提出更多要求、加以束縛，像這樣慢慢成為花英的所有物令他感到開心。他一直都做好了心理準備，無論何時都願意滿足花英的一切要求，但花英不曾要求他給予一切，這讓奎元既失落又著急。

花英大概調教過很多人，在他調教過的人中，他是個什麼樣的人？雖然對臣服者來說，支配者就是絕對的主人，可是對支配者而言，臣服者只不過是奴隸。他把對方當成伴侶，對方卻不是那樣看待自己的話，是一件多令人哀傷的事。

花英慢慢走近，讓奎元咬住一塊布。奎元順從地咬著，花英說：

「禮物。」

奎元從嘴裡拿下那塊布，打開一看，是一件非常小件的內褲。

「穿穿看。」聽花英這麼說，奎元緩緩套上。

內褲的正面是薄紗，背面只有一條繩子橫穿過兩片臀瓣，是一件非常小件的丁字褲。那件丁字褲太緊了，讓奎元感到疼痛。

接下來跟他們之前玩的遊戲很像。花英要求奎元浣腸，命令他自慰，插入他的體內並斥責他。事實上，奎元常常一達到高潮就意識迷茫，什麼事也做不了，可是每當這個時候，花英就會大聲喝斥他，要他夾緊，之後射在他臉上。用臉接下精液的那一刻，奎元陷入恍惚之中，眼淚撲簌簌地落下。

那就是星期天時玩的遊戲，從那之後，花英連奎元的手都沒摸到。雖然花英心想，要想點辦法空出時間，但這可不容易。

‡

「先生，您在我們俱樂部做出這種行為，讓我們非常困擾。」

一到週末，難搞的客人就多，有時連經理都無法處理，奎元必須親自從社長室下來。問題可分為幾種，而奎元出面處理的主要都是暴力問題。現在也是因為同行的兩名男子為了一個女人，不知道起了什麼爭執突然打起來，其中一人被服務生攔著，另一人則被經理抓著。接著兩人僵持不下，不停說出「那婊子要怎樣？」、「是那傢伙先開始的」等不曉得是解釋還是辱罵的話。

假裝聽著兩人說話的經理乾咳了一聲，講出老臺詞：

「這肯定讓您很生氣。不過客人，您說怎麼辦呢？我們已經報警了……如果發生糾紛，兩位客人無論如何都必須繳交一百萬韓元的罰金。兩位就當作彼此不是害怕對方，而是厭惡對方而避開彼此，就這樣離開如何？」

「媽的，你叫啊！！！錢？一百萬？我可不擔心錢！」

客人的膽子更大了。一開始遇到這樣的客人時，奎元非常慌張，但一個晚上就遇到五六個這樣的客人後，他完全不怕了。

奎元隨意推開客人，對他的同行友人瞥了一眼，那個同行友人立刻氣喘吁吁地開始收拾自己的東西，也拿起這位鬧事客人與另一位打架友人的東西。在這段期間，鬧事的客人還瞪著經理指著鼻子罵。

奎元拍了一下經理的肩膀，經理迅速退到奎元身後。

「這位客人。」

「你又是哪根蔥……！」

男人舉起手指抬眼一看，看到奎元就石化，僵在原地。就在男人一臉驚慌地吞下口水的那一刻，服務生說著「哎呀，大哥，您快走吧。警察好像到門口了，您還是先離開比較好。若讓您就這樣進了警局，我心裡過意不去啊」，將男人拉走。

男人跟剛才判若兩人，安安靜靜地移動步伐。雖然一百萬的罰金很可怕，但主要還是因為他認為眼前一臉凶狠的男人是黑道。

一下子就憑長相把難搞的客人趕走後，奎元一臉不悅地朝社長室走去。感覺到震動，他把放在後面口袋的手機拿出來一看，是花英傳來的訊息。

內容很簡單，寫著「喜歡你的禮物嗎？吃飯了嗎？」。雖然這內容就算被別人看到也沒什麼，但奎元一陣頭暈目眩，垂下目光。

那件「禮物」正壓迫著奎元的下半身。奎元稍微深呼吸，然後再次回到社長室。不過在他走進社長室前，經理飛快地跑上來。

「社長、社長，現在已經年底了，保護費您打算怎麼辦？」

「保護費要給多少？」

奎元的問題讓經理皺起眉說：「那要看我們的心意。組織裡沒說什麼嗎？」

看著這麼問的經理，奎元搖搖頭，他只聽到「要在半年內把營收轉虧為盈」。

「組織那邊沒說什麼，應該會主動連繫我吧。啊，對了，找到服務生了嗎？」

聽見奎元的話，經理拿出履歷表給他看，資料又高堆在奎元面前。

奎元打算拿起資料時，震動聲再度響起，奎元拿出手機，說了一句「稍等一下」後轉過頭時，經理大嘆了一口氣。

金奎元在他跟隨過的社長中是最好的男人，他尊重手下的員工，工作積極，還會講英語，真的是個很好的男人……但經理最近發現了一個道理——不管為人再好，如果長得不好看，什麼事都會變成問題。

人好有什麼用？光看外表就令人畏懼。雖說他在這圈子打滾，什麼樣的人沒見過，但他偏偏不曾見過像金奎元這麼凶殘的長相。就在經理嘆氣時，奎元低聲喊了一聲「花英……！」然後從座位上站起來。

奎元對著手機說一聲「等一下」，取得對方諒解後對經理說：「晚點再說吧。」便轉過身。

花英？經理眨眨眼，不管怎麼聽都像是女人的名字。

話說回來，奎元單看背影真的高挑又帥氣，只要長得更好看一點，真的是個不錯的對象，經理惋惜地心想。他的長相本身不是問題，從某個角度來看，問題也許在於他散發出來的氣息。

凶狠的臉龐不管何時都面無表情，沉著一張臉；與臉龐相比，較小的雙唇中總是發出沉穩的聲音，令人感受到些微的瘋狂，有些特質讓人本能性地感到畏懼。

死亡般的陰影覆蓋著奎元。他對每項工作都很積極，卻也對每件事情都無欲無求。就算有漂亮的女人為了一輛進口車在遙遠的舞臺上脫衣服，奎元的目光仍毫無變化。雖然經理曾想過社長也許是同性戀，可是就算對象換成男人，奎元的表情也絲毫沒有改變。

奎元把頭轉向經理。

「我可以去用餐嗎？」

「好的，您請去。」

經理點頭假裝收拾資料的時候，奎元再次回頭往前走，繼續講電話。

「沒事，我現在可以出去。」奎元說完，人就消失了。

稍微琢磨了一下奎元的嗓音，經理猛然瞪大雙眼。話說回來，他剛才接電話時，用非常訝的聲音喊了聲「花英」，真的是戀人嗎？什麼樣的女人會喜歡這樣的男人？

經理的身體顫了一下。好好奇，真好奇那是什麼樣的女人。

此時，名字聽起來像女人，但個性跟女人差很多，在床上更是相差十萬八千里的男人尹花英，正望著從遠方快步走近的奎元。

「您剛下班嗎？」

一看見奎元，令人疲憊的事情都馬上從腦袋裡消失了。

他想跟他做愛，想讓奎元哭得亂七八糟的。把這副身體調教好了又如何，現在還不是享受不到？花英曾聽說過，男人越辛苦，越會基於繁衍後代的本能，渴望性愛，雖然自己的性愛跟繁衍後代扯不上任何關係。

花英習慣性地笑著看向奎元時，奎元一臉穩重地低頭看他，問：「您哪裡不舒服嗎？」

「哪有不舒服，是因為工作太忙了。」

奎元有好一陣子沒認真看過花英了，他看起來有點憔悴。奎元最近都只看過花英的睡顏，沒想到他消瘦這麼多，臉色因此比平時暗了一階。

而花英看著這樣的奎元，暗自感到火大。明明他和奎元都疲於工作，連一次遊戲都沒玩到，把生活過得黯淡無趣，但為什麼奎元看起來還是那麼耀眼？

「您吃晚餐了嗎？」

奎元低頭看著花英。雖然臉色沒有很差，但花英只要進入工作狀態，常常會忽視其他事情。

奎元的話讓花英輕聲發笑，說：「我餓了。」

「那去吃飯吧。」奎元說完，在花英面前指了個方向，「那邊有家餐廳。」

趁兩人為了交談而湊近的時候，花英輕聲道：

「我想吃你。」

奎元的臉上浮現些微不安跟焦急。花英雖然看出來了，卻若無其事地走著。兩人路過人煙稀少的巷弄時，花英拉住奎元的領帶一扯。

「花英先生……！」

花英不在意奎元發出的驚呼聲。這邊雖然沒什麼人，但肯定會被路過的人看到。兩個身穿西裝的男人在街上舌吻。不過花英吻得很淫蕩，他故意稍微張開雙唇，讓兩人的舌頭交纏，發出鹹溼的聲音。

花英稍微離開奎元的唇。當他們目光相對，花英露出燦爛的微笑，伸出舌頭舔過雙唇。

「我真的很想吃了你。好了，我們現在去解決肚子問題吧。」

這句話讓奎元眨了眨眼，他摸不清花英在想什麼。花英先走近自己又在轉眼間離開，很有魅力卻讓他的心相當動搖。

作為眼裡只有花英的戀人兼臣服者，奎元有時候會感到不安。第一次有這種感覺是什麼時候？奎元努力回想。

沒錯，他第一次有這種感覺，是花英被跟蹤狂纏上的時候。他問花英害不害怕，花英卻說他沒有那方面的想像力，所以完全不怕。當時奎元只覺得有點不對勁，但現在來看，他那種反應莫名像在對所有一切保持距離。

我在胡思亂想什麼？

奎元追上花英的腳步，搖了搖頭。

『下班後如果還有力氣，我偶爾會來玩的。』

‡

花英前幾天來找奎元，兩人接了一個暴風般的吻，之後度過平靜的晚餐時光。那晚他們走在路上時，花英如此輕聲說道。

花英的身體微微散發出護膚水的香氣，他的嗓音中蘊含著致命的甜蜜。轟轟烈烈的吻讓身體半是升溫，臀部微微扭動時，股溝間的那條繩子更煽動著羞恥感。雖然奎元微笑著送花英離開，但他一回到店裡就把自己關進廁所。他可以自慰嗎？花英大概會生氣，花英會罵他什麼？會怎麼懲罰他？這些想像更加煽動奎元。

一把拉鍊拉下，早已鼓脹起來的性器就彈了出來。雙手抓著性器閉上眼的奎元，努力回想著花英的模樣。

只要開始玩遊戲，燦爛的微笑就會從花英如花一般美麗的臉上消失無蹤，只縈繞著殘酷冰冷的笑容，然後用熟知羞恥心理的雙唇，深情又冷酷地逼迫他。

「打開。」

他沒有理由拒絕這堅決的命令。奎元把臉頰抵上廁所隔板，翹起臀部，然後用手指快速抽插後穴，同時咬緊嘴唇忍住聲音。

他喜歡殘忍到令人不停顫抖，讓他感到羞恥的花英。

「再收緊。」花英不饒人地說著，在奎元的性器上豎起指甲搔刮。

啊啊……奎元的身體微微發顫，到達高潮。高潮時，殘留在腦海裡的不是花英殘酷的聲音，而是那個溫和有禮地說著「我會來玩的」的花英。

身體不停發抖，奎元知道花英隱藏在禮貌下的本性，因此更加興奮。他高潮時試著夾緊後穴，但用一根手指完全滿足不了他，奎元咬緊嘴唇。

他低頭往下看。奎元一直都有按照花英的要求除毛，每天洗澡時都會把毛刮乾淨。視線從下往上挪動，陰毛、腋毛還有鬍鬚，每當他除毛，都會回想起花英替自己除毛時的觸感，頓時背脊發麻。有時候，他都想哀求睡著的花英蹂躪他。

『我會來玩的。』

敬愛的花英是那麼說的。他會來找他，花英是那麼說的。

奎元猛然無力地坐在馬桶上。花英什麼時候會過來？因為不曉得花英什麼時候會調教他，奎元一直都會浣腸。不管何時何地，只要花英想要，他都已經做好了玩遊戲的準備。

可是花英沒有來，花英想要來嗎？還是只是說說而已？

花英看似對每個人都很好，但也是在跟每個人保持距離。他在花英心中，又是否占有一席之地呢？奎元這麼想著，拿出浣腸液。

吃飽後過了兩小時，奎元心想「過了那麼久應該夠了吧？」，並用已經很熟練的手法注入浣腸液。

好冰……此時電話響起，手機發出震動。

奎元在做下流行為時被突然響起的震動聲嚇到，倉皇之間接起電話，可是一接起來他就後悔了。聽到電話另一頭思念的聲音說著『喂?奎元哥？』，他更後悔了。

「唔、喂？」

他夾緊後穴，接起花英的電話。因為不久前才想著花英自慰，罪惡感讓他的胃一陣翻攪；此刻因為盼望花英而做出的行為，也讓他肚子開始絞痛。

『哥，你的聲音怎麼有回音，你在哪裡？』

觀察力真的優秀到像鬼一樣的花英問。

奎元苦惱片刻後緩緩開口。他沒有自信能對花英說謊，而且他也不希望自己做出會讓花英勃然大怒的行為。

「我……我在廁所。」

奎元很想掛掉電話，丟臉死了。

他接受花英的羞辱時，多半都能看到花英的反應。看到花英的表情因為興奮而變冰冷，眼裡流露出奇妙的瘋狂時，奎元也會勃起。但是現在他看不到花英，奎元浮沉在羞恥中，就快要喘不過氣了。

花英低吟了一聲『嗯~』，笑著問：『您在廁所幹嘛？』

奎元真希望對於這個問題，他不用撒謊也不用如實告知，可以直接敷衍過去。他咬緊牙根一會，羞恥這件事，不論何時都不會習慣。

把自己交付給他人、所有行為舉止都受到拘束、認為這些都是理所當然的某個人，那正是奎元既敬愛又畏懼的對象。

奎元調整了一下呼吸，聽著電話另一頭的聲音，花英正輕聲笑著。

『我來猜猜看？自慰……還是浣腸？』

奎元大大倒抽一口氣，花英用慵懶魅惑的嗓音殘酷地補道：『還是兩個都有？』

那一刻，因為過於慌張，奎元全身都失去了力氣。當他察覺到自己的身體狀態時，已經開始排泄到停不下來了。

奎元說：「不……要啊……」

花英用溫柔的嗓音安慰像孩子一樣吐出話語的奎元：『聲音真好聽。』

「我、我能不能先掛斷，等等再……」

即使奎元用幾乎快哭出來的聲音詢問，花英也不允許。

『不行，您瞞著我浣腸了吧？就想像我叫您把後穴打開，作為懲罰吧。反正我都聽見了，現在才在裝什麼呢？』

花英甜蜜地命令道：『打開。』

無法拒絕這句話的奎元感覺到腦袋發麻，把手伸到身後，壓下沖水把手。嘩啦——聽見水聲的花英再度輕笑出聲。

『咪咪啊。』

聽見花英的話，奎元「嗯……」地微微呻吟。

『咪咪啊。』

花英又喊了一聲，奎元再次發出呻吟，那是輕微但高亢的呻吟聲。

似乎對這道呻吟聲很滿意，花英燦爛地笑了。電話裡傳來一句『我今晚會過去』，然後就掛斷了。心臟因為羞恥而怦通亂跳，但那個聲音很珍貴，花英說著「今晚」的聲音不斷在腦海裡迴盪。

他們住在一起，奎元成了花英的奴隸。花英說愛他，而他也愛著花英，兩人十分相配。但一股悲痛欲絕的心情湧上，奎元閉著眼，將手機放在耳邊久久不放，直到手機冷卻下來也不打算拿開。

「哎呀。」

他將手機貼在耳邊許久，好不容易把身體整理好，走出洗手間的時候。

奎元聽見擦身而過的男人嘴裡發出微妙的聲音，轉頭一看，愛著花英超過十年的男人正站在那裡。那是他不想再見到的男人，但也是花英的朋友。

奎元向他微微點頭致意，打算就這樣離開，但成俊飛快地抓住他。

「請問您……有什麼事？」

『我可不是你的臣服者，你這樣的貨色我也不喜歡。』

那雙唇曾這麼說過。當時男人震懾不已，不得不退讓離開，不過再次碰面，奎元又變回了之前見面時的模樣，是一隻溫馴的貓，但他可是一隻不高興就會立刻亮出尖爪的貓。

他是長久以來一直想養一隻貓的花英所選的第一位戀人，真的是一隻雄性貓科動物。

「好久不見。」

成俊滿臉笑容，奎元則面無表情地低頭看著他。跟最後一次見面時不同，這張表情十分和藹。

「祝您玩得愉快。」

奎元說完，再度想轉身的那一刻，成俊用彬彬有禮的聲音說：「這麼久沒見，您馬上就要走了？」然後抓住奎元的手腕。

這手腕握起來十分粗壯，相當結實，跟成俊降服過的任何奴隸都不一樣。擁有健壯結實手腕的男人用略帶驚慌的表情低頭看他。

「什麼？」

奎元的臉上明顯寫著「我們有那麼熟嗎？」。

當然沒有，但成俊裝作沒察覺到他的疑問，拉著他說：「我們至少得喝一杯啊。」

奎元十分慌張，雖然他想甩開成俊，但成俊是花英的朋友，他也不曉得成俊跟花英到底是什麼關係，深怕他會不小心做出讓主人花英顏面盡失的舉動。這股不安讓奎元十分遲疑，就這樣被拉著走。

走進包廂前，奎元說：「我現在在上班，所以不太方便……」然後雙腿用力一踩，就連拉著他走的成俊也被迫停下腳步。

不過成俊再次笑咪咪地說：「我還想問您關於包場的事。」

那表情彷彿早就知道奎元會找這種藉口了。在奎元手足無措時，成俊拉著奎元，走進包廂。

這種感覺很奇怪，也十分彆扭。支配者與臣服者的關係，就算在見面的當下，也隱約有種力學關係。

成俊坐下來，交疊雙腿、遞出酒杯時，奎元不得不拿起酒瓶替他斟酒。支配者與臣服者彼此的特性本就如此，此刻他們作為客人跟社長的立場也是如此，所以他必須替他倒酒。

酒一倒好，成俊就一仰而盡，然後勾起嘴角。

「之前很抱歉。」

可是他看起來一點也不歉疚，奎元也不認為成俊會為了那種事感到歉疚，因此默默地接受他的道歉。

「您不是說有包場事宜要問我嗎？」奎元用禮貌的聲音提起正事。

聞言，成俊的喉嚨深處發出壓抑的笑聲。不曉得是花英教育得好，還是他本人的個性本來就是這樣，但……還真會裝模作樣。

那張令人心生畏懼的長相宛如中東女性的面紗，感覺像在保護他的真面目。一旦開始窺探內側，那層面紗就如同無用之物。

成俊了解到奎元的內心跟長相不一樣，他的個性非常謹慎。

「對了，我想問。」成俊揚起脣角，想了一下後開口：

「我有一個妹妹，還是個孩子，今年要去讀大學。這不懂事的丫頭要我包下夜店一天，當作她的生日禮物。她朋友肯定都是住在這一區的人，所以我想來問問這裡。」

「不是有更有名的夜店嗎？」

奎元的問題讓成俊笑著遞出酒杯，奎元不得不再次替客人倒酒。

「是啊，我去問過其他家店，但他們都說不方便。」

這讓人無法理解。既然成俊要包下江南地區的夜店一天，那價格一定給得很慷慨，其他家店為什麼會拒絕？

也許是奎元把問題表現在臉上了，成俊爽快地回答他：

「她跟耶穌基督是同期。」

奎元反問：「什麼？」成俊就講得更簡單明瞭。

「我妹妹是在十二月二十五日，聖誕節出生的。站在夜店的立場，他們無法在重大節日出借場地。」成俊以悠哉的聲音快速說著，「如果日期沒問題，費用我們願意多給一些。DJ我們會另外找，包場費和餐飲費分開計算。」

「您預計包場多久？」

「整個營業時間。」

稍微思考了一下，奎元突然抬起頭。

「不過，您怎麼知道我是這家店的社長？」

成俊露出意味深長的笑容，對面無表情的奎元降低語調，露出微笑說：「因為我對您有興趣。」

那笑容雖然跟花英殘酷的微笑有些不同，但都帶有相同的目的。奎元心想，應該是自己看錯了，一邊問一邊站起身：「那我要在何時之前連絡您？」

成俊仔細觀察著這樣的奎元。

真奇怪，他喜歡的類型之前都跟花英不一樣。不同於喜歡高大、健壯、帥氣又美麗的貓咪的花英，成俊比較喜歡嬌小可愛的小狗，只要人一喊，就會跑過來搖尾巴的小狗。所以成俊的每位臣服者都必須忍受痛苦到極限，他也曾讓臣服者後穴插著有流蘇的肛塞吃狗糧。

那種玩法不只成俊喜歡，他的臣服者也很喜歡。撇除跟蹤狂事件，成俊跟他的臣服者之間完全沒有問題。遊戲歸遊戲，成俊對自己的臣服者很捨得花錢，而那些臣服者除了喜歡這種玩法，也不想放過經濟能力闊綽的主人。

可是不知從哪天開始，金奎元總是會出現在他的腦海裡，他總是會想到這位以他的喜好來說太過高大、太過健壯的凶狠男人。他甚至沒想起花英，一直想起奎元——那強健的肉體跟率直的眼神，銳利的敵意與始終如一的敬愛。

「花英對您好嗎？」

聽到成俊的問題，奎元冷冰冰地回道：「這是我的私生活。」

抬眼看著這樣的奎元，成俊的心臟快速跳動。他想讓這個男人哭泣，這男人會用什麼樣的聲音哭？會用什麼樣貌哭？

這是一個強大的男人，雖然在花英眼裡可能只是一隻貓，但是在個性大膽，甚至了解性別認同的成俊眼中看來，奎元是貓科動物中的大型猛獸。

當一個就算渾身散發出血腥味也不奇怪的男人，躺在如花一般美麗的花英身下時，是用什麼聲音哭泣哀求的？成俊越想，欲望就燒得越旺。

「花英很難搞吧？我偶爾也會跟那傢伙玩遊戲，但他有他狠心的一面。」

這句話讓奎元的目光一震。

他們有玩過各種角色扮演嗎……？花英和成俊之間，是由誰扮演臣服者？——奎元是一個習慣用常理思考的人，所以他沒想到在那個場合裡，成俊跟花英之間還有別的臣服者在場。

他說花英有狠心的一面，難道他們倆之間，成俊是臣服者嗎？

雖然奎元努力想掩飾自己的混亂，但他失敗了。看著奎元的表情，成俊笑著問：

「您想聽聽看花英是怎麼對待其他人的嗎？」

——『你覺得自己被調教得怎麼樣？』

花英命令他丟掉內褲的那天，曾這麼問過。

在花英心裡，他是排在第幾順位？在愛情方面，他應該是第一名，但作為臣服者呢？花英曾好幾次都看著什麼都不懂的他苦笑。

成為花英的臣服者後，奎元才明白「奉獻」也是一門技術。花英和多少人做過？調教過多少臣服者？這些人當中，讓花英最滿意的人是誰？

奎元應該回答成俊「他不想聽」，可是他開不了口。成俊帶著算計過的溫柔，對這樣的奎元道：

「他會狠毒地逼迫對方，讓人在快崩潰的恥辱跟侮辱中拚命掙扎。他對臣服者的口交技術也很挑剔。其他支配者和臣服者都覺得只要有做出這樣的行為就滿足了，對他們來說，花英的狠毒會令人厭煩。花英會一開始就要求對方打開喉嚨，不過他很擅長打人一巴掌又賞一顆糖，所以對喜歡玩羞恥遊戲的臣服者來說，是一位受歡迎的完美偶像。最重要的是，他長得很好看。」

沒錯，花英第一次跟奎元玩遊戲時，也是把性器頂進喉嚨深處，即使他乾嘔也絕不退出來，但花英有稱讚他吞下牛奶。

心臟一陣刺痛。奎元非常清楚花英不是第一次這麼做，不過他還是嫉妒到不只心臟，就連胃也陣陣作痛。就算他的性向是臣服者，但要把自己的一切交付給他人絕非易事。奎元也是，即使不是花英，如果有支配者對他感興趣，他想必也會跟對方玩遊戲，可是，這其中明顯有什麼不同。

或許是他認為「這不過只是場遊戲」，也沒有哀戚的情緒。

「花英出櫃那一晚擁抱的臣服者是這麼說的，花英就像毒藥，色彩美麗又美味，會致人於死地……」

「您到底想說什麼？」奎元打斷成俊的話問道。

奎元的表情看起來很痛苦，但他玩遊戲的時候會是什麼表情呢？

成俊其實無從得知花英是怎麼調教奎元的，但他覺得應該不是排泄物遊戲、穿刺遊戲或水上運動遊戲。

「這個世界上並非只有花英一個支配者。反正尹花英只是一個會區分出喜歡和不喜歡的玩法的人，我的意思是說，你不需要在無法確切找到自己性癖的情況下迎合對方。」

「您就這麼想得到花英嗎？就算不是我，花英也不會成為具成俊先生的臣服者或是戀人。」

奎元的話讓成俊大笑出聲。

奎元一臉慌張無措地看著笑得很豪爽的成俊。過了一會，成俊止住笑。

「您真是讓人心煩啊，金奎元先生，我想得到的不是花英。」

成俊站起身，渾身散發出跟平常彬彬有禮的花英截然不同的氣息。成俊的氣息讓人感覺極盡傲慢，他走向奎元低聲道：

「我是對金奎元先生感興趣。」

奎元垂眼看著成俊，好一陣子說不出話後問道：「如果我沒有記錯，您不是說您愛著花英先生超過十年，江山易改，本性難移嗎？」

「我當然愛花英。花英是個好男人，還美得令人窒息……可是，我們之間有一條無法跨越的江，對我來說欲望也很重要。」

奎元嘆了一口氣，遠離成俊一步。

「我明天連絡您。」

成俊一把抓住說完就打算離開的奎元。

「您要怎麼連絡我？您知道我的電話號碼嗎？」

成俊的話讓奎元「啊」地低吟一聲。

走過奎元身邊，成俊說：「我明天會在這個時間左右過來。」

奎元對打算就這樣離開的成俊背影大喊：「請告訴我您的電話號碼！」

這時，成俊回過頭來，「我明天會過來，順便來見您。明天見。」

說完，成俊就走下樓。

舞池中，男男女女正緊貼在一起跳舞，彷彿正值藍調時光。

雖然他的背後感受到奎元的視線，但成俊沒有回頭看。他也很難說清楚自己想要什麼，對金奎元產生的興趣，不是對花英第一個交往對象所感到的好奇，其中也摻雜著對花英獨自陷入幸福愛河的被背叛感。

不過比起這些，最大的原因是這個叫金奎元的男人打動了成俊。成俊很好奇，金奎元是怎麼哭泣的？搞不好是不會哭的類型。如果是會發出低吟聲忍耐的那一型，不是會更激起他的征服欲嗎？

盯著傲慢男人身材高挑的背影，奎元皺起眉頭。財閥家的少爺們都是這樣的嗎？奎元搔搔頭，目送成俊離開後，連忙抓住路過的服務生。

服務生神情緊張地看著新社長凶狠的臉龐問道：「您、您怎麼了？」

奎元光是長相就令人心生畏懼了，還有傳聞說他是尹幫的行動隊長、隱藏的大人物，讓員工都十分緊張。

「這間包廂結帳了嗎？」

「請您稍等一下，我去問問。」

語畢，服務生跑下樓，奎元則在包廂裡等著服務生，陷入沉思。

聖誕節啊……這家夜店確實虧損得很嚴重，客人水準也很不像話，或許讓成俊包場一天還比較好。而且，如果是成俊的妹妹，那就是大家常說的皇親國戚。如果這次活動辦得很好，說不定會變成店裡的常客，從她那邊延伸出去的人脈搞不好都涵蓋到維也納了。在各方面來說，這都是個好機會。

奎元嘆了一口氣。他好想見花英，想問問花英「作為臣服者，我有讓您滿意嗎？」。花英跟奎元的關係，單憑愛情不會長久。他們想要的比愛情還要多，而且他們也必須要有超越愛情的東西。

奎元不自覺地拿出手機，緊握在手裡。

花英說他會來玩，那他什麼時候會來？如果他要求花英一定要做某件事，花英會說什麼？

奎元一想到花英，就變得很脆弱。花英對他來說是完美的存在，也是不可或缺的人。在花英面前，他可以毫無顧慮地倒下；他會聽從花英的話，按照花英想要的方式哭泣，那是奎元唯一的使命。

「那個……社長。」

服務生的呼喚聲讓奎元急忙從思緒中回神。

「他們說不久前離開的那位客人，剛才已經刷卡買單了。」

「啊，那就沒事了。」
奎元說了聲謝謝後離開包廂。舞臺上兼職的女人跳著舞炒熱氣氛，服務生在昏暗的燈光中來來往往，俐落地成功把客人促成一對。
彼此擦肩而過，互相對對方抱有某種期待，但自己最後都是個局外人——奎元在讓他認清這點的喧囂店內，等待著花英。
他們會在一起，不是因為他們之間有愛情，而是尹花英身上真的有一股頹廢的魅力。即使身體包裹在嚴肅的西裝底下，花英體內還是會流露出超出奢華氣質跟端正外表的特質。不是指玩遊戲或是在家裡看見他的時候，而是奎元只望著花英時，會被一股奇妙的情感籠罩。
「那個人是我主人」的優越感，以及「那個人是我主人」的占有欲。
締結愉虐關係後，花英真的成了奎元的主人。奎元鬱悶地心想，對支配者抱有占有欲的臣服者，實在不像話。
「哥！」
走在路上只要回頭看一眼，就會讓人定住目光的美麗青年不管別人是不是在看他，立刻朝奎元走去。每當端正地穿著大衣的花英走來，那些畫面就會變成一張張海報，但奎元非常清楚，花英實際穿在身上的衣服不過都是折扣商品，或是在家購物買來的西裝。
奎元想起剛才蒞臨的那位財閥少爺。自信滿滿的態度、傲慢的動作，還有任誰見到都覺得很昂貴的西裝，花英身上有一股氣質跟領袖特質，是在金錢堆砌起來的具成俊身上找不到的。

花英不會像具成俊那樣誇耀自己，雖然他完全不會替自己辯解，但他花費了更多精力來逼迫臣服者。彷彿說著「跟不上我就滾」的美麗臉龐，在他表現好的時候也不吝稱讚。花英肯定比具成俊更受歡迎才對——奎元就像認為「我先生更好」的新婚妻子，滿足地心想，然後又馬上難過起來。

他有讓花英滿足嗎？這問題讓他十分苦惱。

「你不冷嗎？大衣呢？」

一開始締結愉虐關係時，花英說話會時而尊敬時而隨意，隨著相處時間越長，語氣隨意的占比也逐漸增加。奎元希望花英快點對他隨意說話，想要花英更嚴厲地對待自己，因為他覺得唯有這樣，才能讓花英感到滿足。

奎元不發一語時，花英抬起眼。跟那雙美麗瞳眸對上目光，奎元身體不停發抖地說：

「請您……」

細微的聲音讓花英臉色一變，他一臉擔憂地仰望著奎元，將手貼上奎元的臉頰。那一刻，奎元的嘴唇貼著那隻手，用纖細的聲音哀求道：

「請您折磨我……」

那句話讓花英愣了一下，然後輕聲笑了。

第三章

花英用領帶把奎元的雙手綁在背後。很清楚捆綁也是有技巧的奎元，看到作為平凡人的花英如此精通捆綁技巧，有些驚訝。他究竟綁過多少次，才能綁得這麼好？綁的時候不會感到非常痛或遭到拉扯，又十分牢固。

「就算您不這麼做，我也會乖乖待著不動的。」

對自己作為臣服者的資質抱著憂鬱自卑的奎元一說完，花英揚起了笑。

「這個嘛，也不是覺得哥一定會劇烈掙扎，而是我看到會很開心才綁的。」

花英眉開眼笑地脫下奎元的褲子，讓他上半身穿著西裝，下半身一絲不掛地坐在八爪椅上。

「嗯，這東西也不錯呢。其實我平常就覺得家裡裝潢有很多瑕疵。」

花英的聲音比平時開朗。他讓坐在椅子上的奎元張開雙腿，而奎元的視線四處游移。花英在奎元的眼睛上落下疼愛的吻，將奎元的腿固定在支架上後，用胯間蹭過奎元的嘴唇。

「試試看。」

聽見花英的話，奎元垂下眼張開嘴。用牙齒咬住拉鍊並拉下來，奎元拉開花英的內褲掏出性器，含進嘴裡。

「呼啊……」花英發出甜美的呻吟。

奎元非常努力地用花英喜歡的方式來做，很快就沉浸於其中，他立刻能感受到花英的反應。花英身體的一部分在口腔內滑動，龜頭滑過上顎，前列腺液立刻讓上顎變得溼滑。

花英固定住奎元的頭，享受著這股愉悅。

花英扒開奎元的嘴，侵犯他的嘴裡，手指折磨著奎元的乳頭。一開始輕輕磨過的手指突然用力揉捏、拉扯，每當這個時候，奎元就會露出痛苦的表情，然後更用力含住花英的性器。

「呼……呼……你做得很好……啊，嗯！很舒服……真的很棒……啊。」

花英盡情發出呻吟，奎元把這當成一種獎勵，為了花英更加賣力地動著舌頭。

不久後，花英滿意地說「夠了」的時候，奎元也沒有鬆開嘴。他想讓花英更滿意。

奎元貪心地用舌頭纏住龜頭時，花英毫不猶豫地抓住奎元的頭髮，強迫他放開自己的性器，並抬起奎元的下巴。

花英問：「你在幹什麼？」

聽到花英冰冷的嗓音，奎元想要解釋卻說不出話來。他知道拒絕命令在愉虐關係中是多嚴重的犯規行為，可是那一刻，他只想看到花英心滿意足的樣子。

奎元無法替自己辯解，支吾其詞時，花英皺起眉。

「你已經想擺脫我了？」

花英這麼問時，奎元嚇得立刻搖頭。他期望那一刻從花英臉上掠過的放心不是錯覺，等待著花英的處罰。

花英一定很生氣，而且從未在遊戲時拒絕過花英、讓花英真的生氣的奎元，難掩不知所措地低下頭。奎元將健壯的身體靠到有如健身器材的八爪椅上，露出剃掉毛髮的下半身，雙手還被領帶綑綁著，花英暫時轉過身，從公事包裡拿了什麼東西後走回來。

花英手上的銀色打火機發出啪嚓聲響，燃起藍色火焰。拿著小袋子跟打火機回來的花英湊近奎元，毫無事先預告就直接插進還未溼潤的後穴。

花英面無表情地看著在那一刻瞪大眼睛的奎元。兩人的目光相交時，花英問：

「你想做什麼？」

奎元想回答花英的問題，但痛苦讓奎元氣喘吁吁，沒有力氣回答。

花英一把扯過奎元的頭髮，要求道：「回答我。」

「那個……花英先生……嫉……」

雖然聽不懂奎元在說什麼，但花英仍繼續等著。

花英從沒跟奎元玩過強姦遊戲。奎元總是在被逼到快感即將到達極限的狀態下被插入，所以他沒時間確切地感受被強行插入的痛苦是什麼滋味。

也許是因為這段時間以來，他們玩的遊戲都是以快感為主，奎元只是被插入就感到非常痛苦，不停痛苦地呻吟。

臣服者拒絕支配者的命令，是會令支配者自尊心嚴重受創的行為。若是以前，花英早就頭也不回地離開房間了，但是對於奎元，他沒辦法這麼做。

其實，看到現在因為被插入而感到痛苦的奎元，花英想減輕他的痛楚。這樣插入只會讓普通人們感到痛苦，但對奎元來說也帶來了快感，光看奎元勃起的性器就知道了，但花英是真心想減輕他的痛楚。

猶豫了一會的花英最終輸給了情感，他的手往下移到奎元的乳頭。他解開白襯衫的鈕扣，擰著奎元的乳頭。花英曾特別費心訓練過乳頭，因此奎元光是乳頭受到折磨就會達到高潮。乳頭一受到折磨，果不其然，奎元痛苦的呻吟聲就慢慢變得柔和。

「呼……嗯、嗯！啊……」

聽見奎元發出呻吟，以巧妙的手法蹂躪那對乳頭的花英再度低沉地問道：

「我非常生氣，您到底為何要這麼做？」

聞言，奎元的臉在花英的胸膛上磨蹭，這是花英教他的撒嬌方式。自從花英說過「貓咪會用自己的臉磨蹭主人撒嬌」之後，奎元跟他撒嬌時都會用身體磨蹭花英。他想討花英歡心時，會用臉頰磨蹭；他渴望花英的性器時，會用自己的性器磨蹭花英的腳背。

奎元用臉頰磨蹭著花英的胸膛，輕聲道：

「因為我……我嫉妒。」

那一刻，尹花英用盡了全力才把快勾到耳邊的嘴角壓下來。

花英會大發雷霆嗎？奎元害怕地抬起頭時，花英將他拉進自己懷裡。

「你嫉妒？嫉妒誰？」

也許是因為花英硬把差點提高的音調降下來，最後用有點奇怪的聲音反問奎元。

奎元的聲音變得更小聲了，但花英沒有刻意要求他提高音量。像奎元這種生性害羞的男人會跟花英說這些事，是因為他是花英的臣服者，不然絕對講不出這種話。

聽到這個極其害羞的男人告白，花英很開心。

奎元用沙啞的聲音回答說：「你的……前任。」

花英執拗地問：「我的前任？跟我睡過的那些臣服者？」

奎元回答「對」，然後花英又問：「你說，你對跟我睡過的那些臣服者怎麼樣？」

「嫉妒……」

奎元說出口的那一刻，花英溫柔地吻上奎元，那是個既溫柔又深情的吻。

結束一吻後，彼此的唇分開，花英磨蹭著奎元的額頭。

「哥，你好可愛，真的好可愛，真的好像貓。」

那句話讓奎元低下頭，而花英笑了。每當花英發笑，插進體內的巨大肉棒就跟著晃動。

「嗯，呼唔……花英先生、在晃動……啊啊……！」

奎元發出高亢的呻吟時，花英的手動了動。霎那間，八爪椅緩緩晃了起來。花英坐著的那一側椅子前後移動，使花英插進奎元體內。

奎元一邊發出「咿咿！」的聲音一邊搖頭時，花英輕吻上他。奎元緊握著扶手挺直腰肢，身體不停發抖。

「花、花英先生……呼、啊……啊啊！啊、嗯……嗯……」

花英望著奎元大聲呻吟的樣子。雖然花英自己也感受到了快感，卻不像奎元那麼強烈。對花英來說，八爪椅是個非常無趣的東西，他反倒視姦著奎元滿臉通紅、氣喘吁吁的模樣。

看著奎元抬起右手，緊抓住白襯衫，大張著嘴巴又露出朦朧的神情，花英威脅道：「如果射出來我就教訓你。」奎元立刻咬緊牙根。

可是初次體驗八爪椅的奎元就快發瘋了，花英的性器像跳蛋一樣動著，奎元因為規律地摩擦穴口的動作流下眼淚。他想被插得更深一點，因此懷著焦急的心想把臀部抬得更高，如果能插得更深入就能達到高潮了。奎元焦急起來。

花英像唱歌似的開口：「咪咪的嫉妒心也很強呢。」用帶著某種韻律的語氣低語，「好色啊，屁股和乳頭也是，全部都是。」

奎元正在擺動腰肢，甚至無法對這句話感到難為情。

「你抬起屁股的樣子好可愛，想要更多是嗎？嗯？」

雖然花英聲音帶笑地問道，但內容一如往常，滿是想羞辱奎元的意圖。

奎元抬起下巴不斷發顫，為了更貼近花英的性器而使盡全力時，突然無聲地瞪大眼睛。

一股強烈的疼痛襲上左邊乳頭，快感與痛苦分別攻擊著奎元。頭髮因為快感而濡溼，奎元低頭一看，他的左胸釘著一顆黑色寶石。

「你上次不是問我，為什麼不把耳釘穿在乳頭上嗎？」

花英一臉慵懶地問。奎元點點頭，看著花英把打洞器放進絨布袋裡並輕扔出去。

「正確答案是，因為乳釘有打乳釘專用的工具，記好了。」

花英的話讓奎元搖搖頭。見狀，花英露出為難的表情。

他已經警告奎元好幾次，說要在他的乳頭上打乳釘了，奎元每次都沒有拒絕，但難道他不想嗎？

花英直直望來時，奎元在快感與痛苦交雜的感覺中掙扎，低聲說：

「花英先生……呼、嗯……哈啊啊啊……因為……花英先生知道，所以我……」

所以我不知道也無所謂——花英清楚地聽見了奎元說的話。

他按下八爪椅的開關，同時頂到最深處，在他粗暴進入的那一刻，奎元忘了疼痛，高聲呻吟：「呼啊啊啊啊！好舒服，唔！咿咿！啊嗯……那邊，啊、好熱……呼……呼！呼啊……啊啊、啊啊啊——嗯……！」

奎元再也忍不住，想要就這樣達到高潮。這時，花英拉著他的手，讓他握住性器。

「呼……呼！再夾緊一點……再夾緊！堵起來！快點！」

聽見花英大喊，奎元在半失去意識的狀態下抓住自己的性器，把前端堵住，渾身不停顫抖。

花英只希望快點結束，奎元一絞緊後穴，花英就「呼！」地發出呻吟，並渾身發顫。

這是奎元第一次清楚看到花英射精的模樣。花英皺起眉，嘴唇微微揚起，然後渾身發顫，同時有一道熱液在奎元體內噴濺而出。

奎元與花英四目相對。

「真是……」

花英的嘴唇中吐出慵懶的話。

「真是令人上癮啊……哥的這裡。」

奎元因為這句話達到高潮，身體更不停發顫。也許是射精後的性器受到了刺激，花英微微彈起身子。

「呼唔……」

花英露出俐落的頸部線條，在奎元體內噴出白液許久。

奎元因快感與痛苦而意識模糊，可是他的視線仍離不開花英的臉龐。

至今都是花英帶給奎元快感。他會因為那股快感失去理智，所以從來沒有看過花英的這副模樣，沒想到他意外有一張王牌。雖然時間不多，但奎元想再來一次，讓花英更喜歡自己，讓花英對自己的身體更加上癮——他想多做幾次。

奎元的雙唇一貼上花英的性器就用力吸吮。那迫切的動作讓花英有點愣住。看來他真的很嫉妒呢。花英這麼想著，輕輕抓住奎元的頭髮。

奎元抬起眼，那雙平常嚴肅認真的眼睛中帶著些許不滿，讓花英笑了出來。不過花英雖然在笑，也不忘調教奎元。

他扯過奎元的頭髮說：「要是你再無視我的命令，我會在你的屁股上鑲鑽。」

聽見這句話，奎元垂下眼。花英的手指伸入奎元的髮間，輕柔地愛撫他並道：

「只能做善後處理喔，把殘渣全部舔乾淨。」

聞言，奎元如今可以熟練地做好善後處理了。他一邊舔舐，一邊偷看花英低眼看來的目光。花英真可愛，他至今都是用這種表情蹂躪自己的嗎？這麼一想，奎元開始很好奇當自己沉浸於快感時，沒看到的那些表情。

奎元慢條斯理地吸吮花英的性器，舔舐龜頭及底下的囊袋。當他舔到會陰部時，花英發出低沉的呻吟。

兩人視線相對，花英對他笑了笑，像在稱讚他做得很好，又像覺得奎元服侍自己的模樣很有趣，一切都讓他很高興。

花英深情地俯視著奎元，他因為奎元的舌頭、口腔黏膜和善後技巧而興奮不已，這一切都為奎元帶來精神上巨大的快感。

「表現得很好……真乖。打乳釘時也忍得很好，真的好乖，你做得很好。」

花英說完，對奎元低語：「一邊清潔一邊自慰給我看。」

聞言，奎元要動起堵著性器的手時，花英搖搖頭。

「你自慰時要碰的地方不是前面。」

奎元抬頭看向花英，花英則殘酷地說：「你的性器官不是在後面嗎？」

看到奎元的喉結大幅上下滾動，花英抓著奎元的手，抵上吐出自己精液的後穴。

「你自己抽插看看。」

奎元閉上眼，在花英面前抽插後穴。

「你剛剛自慰也是用這邊嗎？」

花英提起了奎元希望他忘記的事情。

盯著奎元水汪汪的雙眼，花英捏住奎元的右邊乳頭一擰。

「回答我。」

跟陣陣發麻的左邊乳頭相比更有餘裕的右邊乳頭被折磨了好幾次，最後奎元用微弱到快聽不見的聲音回答「是」，花英又問：「幾根手指？」

「呼……一根……嗯，唔嗯！呼啊！啊、啊，花英先生……」

奎元抽插著後穴，一邊呼喊花英的名字。不停喊著「花英先生」的奎元可愛又乖巧，花英問他：「你自慰的時候也想著我嗎？」

奎元點點頭。

腦袋發熱又興奮的反應，讓奎元展現出所有一切，身體不斷擺動。放在八爪椅上的腳張開到最極限，也許是因為這樣，就坐在前面那張小椅子上的花英清清楚楚地看見奎元的後穴。奎元越是抽插，穴口就流出越多花英的精液。

看著這副景象，花英低聲道：「你溼透了的樣子……真的好可愛。」

奎元一根根增加手指。他的左手抓著八爪椅的扶手，用右手手指抽插後穴，完全忘了前面的分身，只沉迷於後穴。

「花英先生……」

奎元一直呼喚著花英，彷彿只有呼喊花英的名字才有辦法高潮。

雖然花英低喃說「可以射精了，射吧」，但奎元還是喊了好幾次花英才達到高潮。當奎元高潮的那一刻，花英用手掌摀住奎元打上乳釘的左邊乳頭，因為他不希望精液不小心噴濺過來。

遊戲一結束，花英立刻站起來，把奎元的腿從支架上放下來後扶他起身。

「哥，你先在床上躺著，我去洗個澡就回來。」他說完後走進浴室，奎元馬上閉上眼。

這好像是他出生以來情感消耗最嚴重的一天，仔細想想，明明什麼事也沒有，他卻突然自己焦慮起來……

奎元回想起具成俊的臉，皺起眉頭。有人說過，這個世界上有些人明明沒做什麼，就是惹人討厭，具成俊似乎就是那種人。

奎元嫉妒他，出生以來第一次嫉妒他人。雖然奎元常常被拿來跟別人比較，但他是第一次真的當真。

丟臉死了，奎元真心希望花英忘掉他坦承嫉妒別人的事。

可是花英大概忘不了。花英的年紀比自己小，奎元對如此在意花英一舉一動的自己感到十分難為情。

此時，比奎元小兩歲的年下戀人正在蓮蓬頭底下笑得一臉陰險。

SM的主僕關係最終是建立在彼此的信任與默契上，如果其中一方下定決心要打破這份關係，那會比沙城更容易崩塌。深知這段關係的危險之處，花英開始對最近玩遊戲的次數太少，稍感壓力。

不太會發生支配者拋棄臣服者的事，多半都是臣服者忍受不了、性癖改變或是覺得一成不變膩了，總之會有很多臣服者拋棄支配者。擔心不已的花英看到奎元無視自己的命令，馬上有股將要分離的預感，一股寒意竄過背脊。可是……奎元說是因為嫉妒。

花英笑得好開心，迅速沖好澡後從冰箱拿出一罐礦泉水，走到床邊。

「哥，起來吧。」

聞言，奎元就像聽話的孩子，不對，是像軍人一樣迅速起身。外表長得像蓋世太保，做出來的舉動卻像幼稚園小朋友，這反差萌又讓花英開心地笑了。

他笑著從剛才丟到床上的絨布袋裡拿出藥，連同礦泉水一起遞給奎元。

「吃吧。」

在花英解釋那是什麼藥之前，奎元已經依照花英的命令把藥配水吞下肚了。這份信任讓花英既開心又感激，在奎元下巴上親了一下。他從絨布袋裡拿出棉花棒沾了酒精，碰到奎元的乳頭時，奎元稍稍皺起眉，但沒說什麼。

「哥剛剛吃的是消炎藥，這是在消毒。」花英一邊解釋一邊仔細消毒，然後把絨布袋遞給奎元，「最好隨時消毒，然後不要接觸到純棉以外的布料……很痛嗎？」

聽見花英的問題，奎元搖搖頭，花英揚起唇角一笑。

「我有個朋友玩穿刺遊戲很有名，我是跟他學的。他是一位穿刺師。」花英拿出藥膏小心翼翼地塗抹在傷口部位，續道：「我本來不太喜歡身上穿一堆環……但學了之後，就想實際運用。啊，真的弄哭了好多人，我喜歡打乳釘。」

原來他不是特別的嗎？奎元差點露出苦笑，因此咬住嘴唇。

「我非常討厭他，因為他一直勾引我，跟我說幫我打不用錢，在他店裡一直黏著我……但來的客人主要都是女人，我覺得很無趣就是了。」

女人？奎元低頭一看，花英笑著補充道：「我跟他不是在玩遊戲時認識的，是被他的穿刺店吸引才認識的。據他所說，要打在正中間才不會痛，但是說真的，乳頭的正中間是哪裡啊？乳頭就位於乳房中央，居然要我在那麼小的地方找中心點，真是的。」

這番話讓奎元笑了出來，花英也露出燦爛的笑容，然後低頭看了一眼手錶的花英問：

「雖然您是領薪水的，但當社長真好呢，吃飯能吃兩個小時。」

聞言，奎元說：「我該回店裡了。」

花英遞來一件新襯衫，奎元接下時露出意外的表情。

「那傢伙說，穿刺完最好穿純棉的衣服。」

奎元很感激花英為了打乳釘，準備得如此周到，低頭輕聲道：「我會好好珍惜這件衣服的。」

花英看著這樣的奎元，雖然揚起了笑，心裡卻有點不高興。雖然他們跟正常的情侶不太一樣，但大致來說也是情侶，也同居了，還需要這麼客套嗎？奎元對花英依舊非常恭敬，那感覺就像在劃清界線，讓花英不是很高興。

可是，另一方面他也能稍微理解奎元的心。在他作為奎元的戀人前，他是他的支配者，從支配者的角度來看，奎元是一個與他身體非常契合又奇特的臣服者。

可是作為戀人，他對奎元有些失望。當奎元洗好出來，彼此穿好衣服離開旅館前，奎元從身後一把抓住率先走到門外的花英。

「花英先生。」

奎元的呼喚讓花英回過頭。奎元低聲問道：「可以……吻你嗎？」

這句話讓花英露出燦爛的笑容。奎元的每一個行動怎麼都這麼合他的心意呢？他彷彿知道花英的心思一樣，講出這句話的時機恰到好處。

花英閉上眼代替回答，等著奎元的唇落下。

‡

隔天，具成俊來了，說要用一億韓元包下夜店一天。包場費一億韓元且餐費另計，奎元想反對也反對不了。反正，真正的大節日是平安夜，不是聖誕節當天。

奎元只說：「不收支票。」

成俊噗哧一笑，「我付現給您。」

奎元無話可說。一億韓元的話，年末的支出費用大致上都可以解決了。他動腦的時候，成俊緊貼著他坐下來。

「您考慮好了嗎？」

「啊，是，我們這邊先……」

一邊說一邊轉過頭的奎元看見突然湊近的成俊，嚇得往後退。

——他在幹嘛？

成俊心情微妙地看著用表情如此詢問的奎元，他好像明白尹花英為什麼會緊抓著這個長相凶狠的傢伙不放了。然後，心裡有股危機意識。

他還以為自己是單純對奎元感到好奇，還有對長年暗戀對象的戀人感到嫉妒，可是說不定這是截然不同的感情。這麼一想，成俊也不自覺地遠離奎元。

真是讓人摸不著頭緒的人，奎元用傻眼的目光看著成俊。

成俊作為支配者，察覺到自己對奎元有好感的同時，也感受到了難以名狀的情感，但相對地，奎元對成俊的感覺就單純許多——「莫名讓人覺得晦氣的傢伙」，奎元是這麼定義成俊的。

不只是因為他喜歡花英，也不是因為想罵人而這麼說，是他真心覺得成俊是個會為他帶來不幸的人。奎元曾度過漫長的傭兵生活，因此有時會有奇妙的不祥預感，現在就是這樣。

「您喜歡花英的哪個地方？」成俊問。

他明顯對花英不懷好意，至少奎元感受到的是這樣。奎元不覺得這問題值得回答，想站起身，但是一想到一億韓元，他又雙腿用力，忍住想站起來的衝動。鈔票是擋不了子彈，但事實上除了子彈，大部分的事情都可以用錢擋下。

奎元盯著成俊，成俊則是從一開始就直盯著奎元不放，等著回應。

「我一定要回答嗎？」

奎元明顯表現出厭惡。想強硬地將他趕走的心占了一半，想把他扔在原地的心占了一半。成俊猶豫了一下，不曉得自己要繼續喜歡花英還是眼前的男人，用曖昧的口吻道：

「我想聽。」

成俊沒要求奎元一定要回答，但他沒有略過這個話題的打算。面對成俊狡猾的語氣，奎元開口道：

「我喜歡他所有的一切。」

「長得像女人的臉蛋和尖酸刻薄的個性？」

這番話讓奎元露出傻眼至極的表情。

「覺得他長得像女人是很主觀的想法……但我不曉得花英先生的個性哪裡需要用尖酸刻薄來形容。」

「很尖酸刻薄啊，脾氣也非常糟。啊，那傢伙高中時也一臉笑咪咪地到處為難、使喚同學，是個心靈過得很富足的傢伙。同學們到現在都以為花英有心臟病呢。」

聽成俊說「如果那傢伙有心臟病，我早就身體虛弱到死去了」，奎元投以一個啞然的眼神。

奎元完全搞不懂成俊為什麼要這麼做。是想罵花英嗎？就算如此，他也找錯對象了吧？成俊不可能期待奎元會講出詆毀花英的話才對。

接收到奎元冰冷的視線，沉默了一會的成俊問：「奎元先生，您真的不覺得花英長得很像女人嗎？您不覺得他來當臣服者，您來當支配者更合適嗎？」

‡

花英對鬧鐘聲感到不耐煩，人躺在床上，手亂摸一通尋找鬧鐘。在他找到鬧鐘之前，鬧鐘聲就停止了。他又睡了一會後，心想「不可能啊」的同時，耳邊傳來一道低沉的嗓音。

「花英先生，七點十五分了，該起床用餐上班了。」

聞言，花英睜開眼，看見面帶笑容的奎元。

好久沒在天亮時見到奎元了，花英一把拉過奎元親上去。奎元一邊輕柔地接受花英的吻，一邊用手扶著花英的背，把他扶起來。這是因為花英正雙手環抱著奎元的頸項親吻他，奎元才能做到。

這個溫柔的吻結束時，花英笑著說：「好久沒在這個時候看到你了。」

奎元聽了也跟著笑。

「您該去刷牙洗臉了，我幫您準備了簡單的早餐。」

花英一去盥洗換衣服，奎元就去將湯端上桌。跟精緻的美貌不同，與細心沾不上邊的花英在一分鐘內就換好衣服，拎著公事包來到餐桌旁坐下。

這是一頓久違的早餐，而且奎元坐在對面一起吃早飯更是好久之前的事情了。

「聖誕節快樂。」

奎元這麼說完，花英就問：「已經到聖誕節了？」

奎元回答「今天是平安夜」，花英這才發現這件事。

花英露出對聖誕節毫無感慨的表情吃著飯，然後用冰冷的聲音回道：「聖誕節快樂。」

看見花英的表情，奎元小心翼翼地問：「有什麼不好的事情嗎……？」

「我們組在年末的時候本來就很難熬，所以一點也不喜歡聖誕節。」

花英搖搖頭，舀起一匙飯吃下。

看到花英因為想起一些工作的事而皺起眉頭，奎元無法講出想問的話。

花英吃飽後剛站起身，奎元也站起來問道。

「要送您嗎？」

花英拒絕了奎元的好意。雖然他有一輛賓士，但花英本人不太喜歡開車，所以車子都是奎元在開。

奎元之所以想送他一程，是因為如果奎元不開車，花英根本不想用車，另一方面是因為奎元打算找個時機問花英一些事，然而，花英的拒絕讓奎元只能尷尬地站在玄關前，目送他離開。

花英對奎元說了聲「我去上班了」，然後親了一下奎元的唇，馬上消失在電梯廳裡。

想到花英獨自在公車站等公車，還吹著早晨的冷風，奎元就想下樓送他去公司，但手機震動的聲音從家裡的某個角落傳來。

「我是金奎元。」

剛從口袋裡掏出手機接起電話，就聽到已經聽慣了的聲音。

『看來您還沒睡。』

奎元有片刻想裝作不知道對方是誰，但最後只問了對方的來意，因為他不想撒謊說手機無法顯示來電者。

『這個嘛，也沒什麼事。』

奎元咬牙忍住想說「沒事別打來」的衝動，一手扶著額頭。他實在無法理解，具成俊究竟為什麼要用這種方式死纏爛打？這種方式很狡猾，像奎元這種一直活得很單純的人實在找不到機會拒絕他。

『為了明天的工作，今天DJ會過去，他的名字叫……』

雖然沒什麼事，但也算有正事。可以一次解決的事情，成俊偏要一件一件解決，一直進出夜店。但即使如此，他確實提升了店裡的營業額，奎元實在找不到機會拒絕他，他們就這樣發展到會通電話的關係。

不對，正確來說，這個發展應該是單方面的發展，另一方一點也不樂意，只是放任不管罷了。

「您稍等一下。」

奎元移動步伐去找便條紙，本來想告知對方姓名、電話的具成俊停下來等著他。

奎元打開原子筆筆蓋說「請說」，成俊卻一聲也不吭。奎元再次「喂？」了一聲，成俊才開口。

『啊，我剛剛在看文件。ＤＪ的名字叫……』

奎元照著成俊說的寫下來，再次跟他確認，成俊回答：『沒錯。』接著又補了一句：

『奎元先生，您講電話的聲音真好聽。』

隱晦的語氣讓奎元把差點吐出口的嘆氣吞下肚。

「謝謝，我與這位ＤＪ談過之後再連絡您。」

『不需要，我今晚也會過去。』

成俊的話讓奎元皺起眉。他想問成俊為什麼要這麼做，但又怕這或許只是自己的錯覺，不知道該不該問出口。

只要奎元沒掛斷電話，成俊就絕對不會掛斷，因此奎元透過話筒清楚地聽見了成俊的呼吸聲。

奎元說：「那晚上見。」

成俊也回道：『晚上見。』然後等奎元先掛斷電話。

雖然這樣對客人有點抱歉，但奎元還是說了句「我先掛電話了」，然後結束通話。

他本來想問花英，具成俊原本是不是這樣的人，但他錯過了機會。他知道具成俊跟花英是認識很久的朋友，怕自己表現得就像討厭具成俊，所以非常小心翼翼。

具成俊用奇妙的方式單方面跟奎元拉近了距離，但奎元不喜歡這樣。跟好惡分明的花英不同，具成俊的態度相當曖昧又模糊不清。奎元想直接把人趕走，但他是花英的朋友，同時也是暗戀花英多年的人，令人在意，使奎元就像被黏在蜘蛛網上，動彈不得。

坐在沙發上，奎元閉上眼。好累，他只想當花英的臣服者，依照花英的期望過日子就好了，但人生一點也不如他所願。

‡

「二組看起來真的好閒。」

花英聽到身旁翻找資料的車真洙這麼說，偷瞄了一眼隔壁組的氣氛後點點頭。

「好羨慕啊，真羨慕。」

聽見花英的話，真洙自我安慰道：「我們領的薪水不是比較多嗎？在這個世上，錢才是最棒的。」

現在對花英來說，時間比金錢更急迫。花英雖然嘴上附和道「是啊」，心情卻不怎麼美麗。花英隸屬的一組是只由持有AICPA執照的員工組成，專門負責外資企業的小組，他用羨慕的眼神偷瞄一眼隔壁組，然後再次瞪向螢幕。他正在同步比較韓文報告跟外文報告。

「哎呦，花英先生，唉，潦草的字看得我眼睛好痛。」

當五組的權炳浩這麼說著，貼到花英的肩膀上時，差不多到了午休時間。吃完飯後回到公司，炳浩對再度盯著螢幕埋頭苦幹的花英問道：

「你今天有什麼安排？」

聞言，花英回答：「加班。」

炳浩又大喊道：「你自己一個人在那邊裝忙！」

這時，正在工作的珠熙大喊：「我們都很忙！」

炳浩馬上洩了氣，只在花英耳邊說悄悄話：「今天……要不要去夜店？」

花英聽了輕笑出聲，「我對那些沒興趣啊。」

不過，對夜店感興趣的同期同事真洙插嘴道：「我要去。」

炳浩對他笑著說：「你要去？如果花英也一起來，晚上一定會有很多妹啊。」說完，炳浩一直纏著花英說要一起去。

花英一開始是拒絕的，但看到下班時間時拎著花英的公事包、站在旁邊等著的炳浩，花英無法再拒絕他。

「說得也是，我們今天也早點下班吧，大家一起去。」

加上珠熙要組員們早點回家，花英連拒絕的理由都沒有。花英臉色難看地站起身時，珠熙在身旁幫忙阻止他們。

「你們搞什麼，花英有戀人了，去什麼夜店？小心我去告狀喔。」

聽見這番話，真洙想起花英之前炫耀戀人的事，頓時閉上嘴，不過炳浩反倒理直氣壯地說：「男人在外工作，本來就有可能會有這種事啊。如果對方因為這樣大鬧，那就甩了她。」

這句話讓珠熙投去冰冷的目光，炳浩理直氣壯的態度立刻消失得無影無蹤，丟下一句「我們大廳見」就逃跑了。

「你真的要去嗎？」

聽到珠熙的話，花英滿臉笑容地說：「偶爾也得和他們一起去玩啊。」之後又補道，「而且他把我的公事包拿走了。」

花英來到大廳時，炳浩正跟三組的同期同事聚在一起，等著花英。

「你如果說不去，我就把你的公事包丟掉。」

炳浩說著荒唐的威脅，而花英用力把公事包搶回來，問道：「我去，但夜店我來挑行嗎？」

「喂，你不會要帶我們去奇怪的地方吧？」
炳浩投來懷疑的目光，花英則露出他特有的燦爛微笑。
「我也沒去過……是叫 Fake？好像是這個名字。」
「啊，Fake，聽說最近去那裡的妹子都很正。」對深夜文化瞭如指掌的炳浩點點頭。
「去黃泉啦，黃泉。」
因為工作，根本沒機會見過女人的真洙用手機搜尋黃泉，炳浩就撻伐他說：「你這張臉，姊姊們看了也會覺得身在黃泉，何必呢？」
只有花英沒開車，所以他搭炳浩的車，不過炳浩說是花英搞不好會溜走，這是為了監視他。
「反正都要喝酒，把車放著，搭大眾交通工具不是比較好嗎？」
聽見花英的話，炳浩反問道：「這是我的自尊心啦。你這小子明明有一輛賓士，為什麼不開來上班？」
花英坐在副駕駛座上繫著安全帶，低聲道：「送人了。」
「賓士送給別人了？你送給誰了？誰？」
「我戀人。」
這句話讓炳浩皺起眉。
「看不出來啊，沒想到你這麼怕老婆。」

花英聽了突然噴笑出聲，笑得肩膀不停發顫，讓炳浩慌張不已。即使知道炳浩慌張，花英仍笑得停不下來。怕老婆？居然說他這個同性戀支配者怕老婆，花英笑個不停。一想像炳浩得知花英對自己的戀人做了什麼後臉色發青的模樣，花英就笑得更厲害了。

「啊，我說了什麼讓你一直笑啊？」炳浩尷尬地碎念後又問：「你有認識的服務生嗎？」

花英搖搖頭，炳浩又嘟囔一句：「看來要挨子彈了。」

花英問：「為什麼要挨子彈？」

炳浩態度得意地解釋：「挨子彈就是當冤大頭的意思，開槍指的就是坑人。這圈子本來就很多隱喻的用語。」

雖然花英沒有混夜店，但他本就活在充滿隱喻用語的世界，因此靜靜地低喃：「原來如此。雖然不是服務生，但我有認識的人。」

花英的話讓炳浩瞬間容光煥發。

「太好了，你先跟不錯的服務生說一聲吧，總得知道我們的名字才好安排。」

聞言，花英拿起手機長按「一」的按鍵。

『啊，奎元哥，我是花英。』

花英的聲音聽起來跟平常不一樣，奎元停下手邊的工作，專心聽花英講話，擔心花英發生了什麼事。花英不是兩三歲的孩子了，可是一想到花英，奎元都會擔憂。「如果沒有花英，自己說不定早就毀了」的不安顯然更加深了這股擔憂。

「是，花英先生。」

『我跟同期的同事要一起去哥的夜店玩，我同事說如果您有認識的服務生，想請您幫忙介紹一下。』

奎元聽到花英要來很開心，但是想到花英來夜店的目的是要找對象，又感到失落。就在奎元心裡搖擺不定，陷入沉默時，花英再度喊了一聲：『哥？』

「我會把包廂準備好。服務生……我去打聽一下。」

『嗯？不是，只要知道服務生的名字就可以了。』

「不，我會幫您準備好包廂。您什麼時候會到？」

花英問了身旁的人，傳來細微的一聲「快到了」。

在花英轉達前，奎元又問：「請問有幾位要來？」

花英回答：『八位。』

奎元說他知道了，然後掛上電話。

用無線電呼叫一聲，經理馬上跑上來。平安夜果然是個大節日，店裡忙得不可開交，客人很多。經理上來後問：「您找我嗎？」奎元就開口：「麻煩幫我準備一間包廂。」經理二話不說就去準備。

接著，奎元用無線電交代服務生中最資深的尚雷諾，然後長嘆了一口氣。他是想見花英，但他不想看見花英跟女人在一起。真搞不懂花英為什麼偏偏要來他的夜店，奎元越想越鬱悶。或許是因為平安夜沒有位子，所以才來他的店裡，奎元這麼一想就更鬱悶了。

此時，經理跟服務生尚雷諾兩人全身上下都繃緊了神經。尤其是尚雷諾，他就快瘋了。他跟已經與奎元共事一段時間，有點適應的經理不同，四處流傳的謠言以及那張比謠言還令人畏懼的臉龐，總是讓他膽戰心驚。他穿著制服，站在寒冷的店外等待社長的客人，腦子裡閃過無數想像。可是不管他怎麼想，好像都會是黑道。他們會不會對他說「啊，媽的，怎麼沒先安排好妹子？」然後用腳踹他？

真的被前社長的黑道客人罵過的尚雷諾，一邊跺著腳一邊等著客人。

不久後，從停車場上來的客人中，一個彷彿背後帶著光環、長相華麗的男人對門衛說：

「我聽說只要報金奎元的名字就可以了。」

在門衛開口之前，服務生尚雷諾擋在門衛面前，介入兩人之間，然後非常非常燦爛地笑道：

「請問是社長的客人嗎？久候各位大駕光臨了，快請進！」

這個男人耀眼到讓他覺得，花美男大概就是指這男人了，而且這個男人的同行友人都散發出知識份子的氣息。

尚雷諾喊著：「各位大哥，這邊請！」帶一行人進入店裡，與踏入店內的尚雷諾交換了目光的經理，臉上也露出疑惑。

金奎元被稱為尹幫隱藏的真實勢力，如果這些人是他的客人，感覺也太端正了。協助尚雷諾接待花英一行人的服務生，對翻開菜單後先退出來的尚雷諾說：

「要不要磨磨牙？他們根本就是羊入虎口。」

聽見這句話，尚雷諾瞪大雙眼。

「臭小子，說話小心點，這些人是社長的朋友。」

聞言，來協助的服務生瑟瑟發抖。

「社、社長的朋友？是黑道嗎！」

「應該不是，總之你給我打起十二萬分的精神。你知道那些傳聞吧？社長可以一手就把我們這些傢伙——！」尚雷諾一邊說著，一邊用手做出砍脖子的動作，「他會把我們活埋的，所以你小心點。」

協助的服務生聽了，抖得更厲害了。

尚雷諾再次踏進包廂時，炳浩喊了一聲「喂！」。尚雷諾常常遇到這種程度的事，因此也沒生氣，反倒問炳浩：「哎呀，大哥，您想好要點什麼了嗎？得先喝杯酒，再幫您安排妹子過來吧？」雖然炳浩滿意地笑著說：「啊，你挺上道的嘛。」不過尚雷諾不在意他的笑容，而是注視著他身旁的花英。

說出社長名字的人，確定是這位完美的花美男。這樣的話，跟社長比較親近的人是他嗎？或者說，只有這個人跟社長很要好的機率比較高，那他是在做什麼的呢？

雖然尚雷諾基於職業道德與經驗和藹地笑著，可是他正在分析花美男的職業、花美男與黑道社長的關係，以及黑道社長的傳聞有幾分真實性。

「喂，服務生。這裡是不是很貴？」

聽見另一位男人的話，尚雷諾搖搖頭，「各位是社長的朋友，我們會免除包廂的費用。不，我們會免除酒錢……對不起，請稍等一下。」

尚雷諾拿起對講機時，奎元低沉的聲音傳了出來。

『那些人的酒錢請來跟我請款。』

他媽的請款，就是直接免單的意思啊。

偏偏在這樣的大節日接待到這組客人，尚雷諾的不滿累積到了極限，但他不能爆炸，因為社長非常可怕。前社長是個吝嗇、倒人胃口的禿頭，然後為人跟他的長相一樣喜歡貪汙收賄，所以被尹幫帶走了，但至少他長得像個人；相反的，這任社長不管怎麼看都不像人。長得一臉凶神惡煞，他的態度也很可怕。見到社長後，服務生尚雷諾才體會到什麼叫「尊待他人比下待他人更可怕」。

「哎呀，各位大哥，社長說要請客。」

這時，所有人的目光都看向花英，那眼神不是在問花英能不能接受對方的款待，而是感謝花英。

「請幫我們跟大哥說謝謝！喂喂喂，我們要吃什麼？」

跟鬧哄哄的一群人不一樣，花英的表情不是很好看。尚雷諾心裡第一次覺得，花美男搞不好是被威脅的。

尚雷諾一走出包廂，就對協助的服務生說：「給我特別注意一點。」

之後協助的服務生低聲道：「大哥，您聽說了嗎？那位花美男聽說是社長的情夫。」

不識相的炳浩點了洋酒後，氣氛馬上熱鬧起來。服務生不停送預定好的女人進入包廂，但大部分的女人都是喝了一杯酒，之後說「祝你們玩得愉快」，沒有多少人留下來。而且花英身邊的位子十分受歡迎，甚至展開了微妙的明爭暗鬥。

花英配合了一下大家，之後站起身。

「哎呀，您要去哪裡？」

跟真洙配成對的女人問道，花英回答了一句「洗手間」就離開包廂。

他剛走出包廂，就碰到正好經過的尚雷諾。

尚雷諾問：「大哥，有什麼服務不周的地方嗎？」

花英搖頭。雖然花英沒有察覺，但尚雷諾正藉著燈光仔細觀察花英。想到剛才協助的服務生說「聽說是社長的情夫，他們還在路上接吻」，尚雷諾就吞了一口口水。這個男人的嘴唇特別鮮紅厚實，或許是每天和社長接吻才變紅腫的。

比起本能對同性戀的抗拒，這件事先勾起了尚雷諾的好奇心。

「請問金奎元先生的辦公室在哪裡？」花英用與臉蛋相襯的美妙嗓音問。

「啊，他在樓上，請稍等一下。」尚雷諾請求花英諒解後，朝對講機問道：「請問社長現在在哪裡？社長的客人在等他。」

無線電的另一頭傳來某人的聲音。

『他正在跟具成俊先生談事情。』

知道明天有人包場的尚雷諾說：「我知道了。」轉過頭時，花英的眼神發出冰冷的光芒。

「具成俊？具成俊在這裡？」

「您認識他嗎？」

花英燦爛地笑道：「我們很熟。」

尚雷諾的腦袋裡突然閃過一股念頭——搞不好尹花英跟具成俊都是奎元的情夫。但因為花英根本沒在注意尚雷諾，所以沒發現他正在腦補奇怪的想法。

花英笑著說：「太好了，剛好我也有事要找他。」

接著，尚雷諾半是茫然地跟花英說：「那這邊請。」帶花英走向成俊的包廂。

「包廂在上樓之後的右手邊。」

尚雷諾說完就消失了，無線電的另一頭似乎有緊急呼叫。這對花英來說，是再好不過的機會，正當花英想堂堂正正地踏入成俊所在的包廂時，他聽見了奎元的聲音。

「那麼，一切都確認好了，我們明天會依照確定的內容執行。」

花英好久沒有聽見這公事公辦的聲音了，禁欲的感覺更點燃了支配者的施虐欲，讓他在辦公室裡哭應該也不錯。花英勾起笑，握住門把，他很好奇，為什麼成俊會經常來奎元的店裡，連服務生都知道他的名字。

在他要打開門的那一刻，他聽見成俊的聲音。

「這是最後一次跟您見面了……金奎元先生，我是真心地問您。」

聽著成俊的聲音，花英停下手上的動作。

「您不想來我身邊嗎？」

花英也在不知不覺間倒抽一口氣。

具成俊居然在誘惑奎元，真令人意外。比起生氣，花英更感到出乎意料。他仔細想了想成俊喜歡的類型，跟奎元是天差地別。

「我不想。」

奎元果斷地回答，讓偷聽的主人心裡很是優越。花英在門外笑得一臉燦爛，雖然他不會輕易放過想勾引別人臣服者的損友，但奎元現在的態度讓他很高興。

裡面傳來「喀嚓」聲響，花英依舊握著門把，奎元似乎正在另一邊要開門，使花英陷入一股錯覺，彷彿奎元的體溫透過門把傳遞而來。

「花英的玩法非常單一，但我不一樣，我不管哪種玩法都可以……您不想弄清楚您自己的性癖嗎？」

花英皺起眉。雖然他說的沒錯，但就這樣一語帶過，讓花英非常不甘心。

他確實清楚地分出了喜歡跟不喜歡的玩法，不會跟臣服者玩他不喜歡但對方喜歡的遊戲，可是對於他喜歡的遊戲，即為「羞恥遊戲」，他的實力就非常出色。而且，花英討厭的玩法也只有排泄物遊戲、穿刺遊戲跟水上運動遊戲，具成俊講得好像他這個支配者就只會一種玩法，幾乎可以說是汙衊。

「不想。」

奎元這次的回答也很果斷。

「不是因為害怕？」成俊的語氣隨意。

正當花英心煩氣躁，想要開門的時候，奎元回答他：「我之前也跟您說過了，我不是具成俊先生的臣服者，對我說話請不要那麼隨意。」

成俊嘲諷地冷哼一聲。

「但您不是想被虐待嗎？反正在他那邊也是挨打，也是拉得唏哩嘩啦，既然如此，為什麼不來我這邊，好好地被虐待呢？」

「具成俊先生，您到底為何要這麼做？」奎元用無法理解的聲音問，「您對花英先生有什麼不滿嗎？還是您想要修理我？」

雖然不曉得原因，但成俊的所作所為顯然是在誘惑奎元。花英心裡對成俊很是同情，他誘惑奎元，卻被反問是不是想修理他，真是可悲。

成俊不發一語（大概是傻眼了），奎元就打開門。

門打開的瞬間，花英一把拉過奎元，給了他一個深吻，然後轉了一圈，丟下一句「我等等去您的辦公室玩」，就當著奎元的面把門關上。

回頭一看，成俊一臉曖昧地笑著打招呼：「好久不見。」

那一刻，花英歪了歪頭回答他：「嗯，我看到你並不開心就是了。」

花英鬆開領帶的瞬間，成俊倏地站起身。

「有話好好說。」

成俊的話讓花英噴笑出聲，「我們之間還有話可說嗎？」

花英的臉上露出微妙的笑容。成俊知道那個笑容是花英要揍人前的表情，他用無辜的表情果斷回答：「我還有話要說。」

「還有什麼話？」

聞言，成俊暫時垂下眼。他想了很長一段時間，一開始是金奎元的身影常常閃過他的腦海裡，接著他在不自覺間對金奎元耍了些手段。

那個男人為什麼會選擇花英？那句話裡其實包含了其他想法。

為什麼花英會選擇那個男人？他很好奇，也好奇如果將那男人抱在懷裡，會有什麼特別的感受。

「我。」

他羨慕花英的幸福，而且無法認同那份幸福。

他在十七歲時遇見花英，十九歲發現對方的性癖，然後他們一直都在同個空間裡生存。他雖然愛花英，但兩人的性向不合，無法修成正果。可是沒關係，因為離花英最近的人是他具成俊，他不常連絡花英，也不常跟他見面，但一直覺得自己和花英之間有朋友以上戀人未滿的情誼。

「花英，假如我……」

但那只是成俊自己的想法，花英跟他一見鍾情的人你儂我儂，過著幸福快樂的日子。成俊一開始就沒有絲毫機會可以介入花英的幸福，但成俊無法承認這點。

成俊望著花英。那張美麗的臉龐、那雙有力的眼睛，還有能成為凶器的肉體，成俊在人生中第一次用黏膩的目光舔過。那目光讓花英皺起眉間。

「如果我成為臣服者……你會選擇我嗎？」

「天曉得。」

花英沒有立刻說不會。成俊如果是臣服者，確實很接近花英的喜好。

稍微想了一下後，花英問：「你的意思是，奎元哥和你之間，我會選擇誰嗎？」

這句話已經是答案了。即使如此，成俊也忍不住點頭。

「對。」

「奎元哥。」

這回答讓成俊跌坐在沙發上。不論他們之中哪一方是臣服者，花英跟他最後都不會有結果。

在成俊聽到十年愛情應聲崩塌的那一刻，花英把領帶扔到地上，然後折了折手指。喀喀聲響讓成俊呆愣地抬起頭時，花英就站在他眼前。

「你要說的話都說完了吧？」

站在方才花英佇足的門前，焦急等著的奎元被一聲巨聲嚇了一跳，衝進包廂。

脾氣比外表還火爆的花英正騎在成俊身上，不停揮動拳頭。奎元大喊著「花英先生！」想拉開花英，但花英頑強地抵抗。

不僅如此，他更拉開奎元。

「別惹我發脾氣！教訓完這小子就輪到哥了！」

花英因為怕傷到奎元，沒有揮動手臂，但用冰冷的聲音警告他。

——下一個就是你。

花英沒有說他為什麼生氣，或者他對奎元多生氣。奎元怔愣片刻，花英在這期間又開始痛毆成俊。

奎元回過神來，抱著花英的腰，把他舉到半空中將兩人分開。

花英拚命掙扎，對成俊怒吼：「你以為你講這些，就能蒙混過去嗎？你居然對我的臣服者下手！」

奎元抱著花英的腰，拚命大喊：「花英啊！花英啊，尹花英！花英啊。」

一開始奎元說得太小聲，沒有傳進花英耳裡，但花英一聽到就不再大吼大叫了。

社長都進去處理了，其他員工實在不敢進來，只敢在門外徘徊。花英撿起地上的領帶，蒼白的臉頰因方才動手而泛紅。

接收到花英殘暴的眼神，那一刻，奎元不自覺地夾緊後穴。

花英的憤怒與興奮有相似之處。

「你告訴我，瞞著我跟那小子見面，開心嗎？」

花英非常清楚他們兩個不是那種關係，但他也知道成俊會那麼大剌剌地誘惑奎元，就代表他在那之前已經放長線釣大魚一段時間了——奎元一直在與成俊見面。不論他們見面是為了什麼，花英的腦袋、耳朵、指尖都在發燙。

奎元受到了成俊誘惑，這段期間來，一直都是。

嫉妒讓花英氣瘋了，他抓著奎元的衣領低吼道：「我叫你說！」

望著那張臉恍神好一陣子的奎元眨了眨眼。生氣的花英好看得要命，因心臟怦通亂跳而好一陣子說不出話的奎元，呆愣地「啊」了一聲後緩緩開口：

「我們是因為公事才見面的。」

「你說是因為公事才見面，那小子卻那麼明目張膽地勾引你？」

之前那些行徑，果然是在勾引自己嗎？奎元慌張得說不出話來，讓花英咬緊唇。

那一刻，奎元的手指抵在花英的唇上，低聲道：

「別這樣，我錯了，我錯了，花英啊。」

奎元平常說話絕對不會那麼隨意，那平靜溫和的口吻讓花英垂下目光。

花英一起身，奎元立刻看著他的臉色，跟著站起來。奎元站到花英身後時，花英粗魯地把他拉到身邊，用下巴指著門，示意奎元開門。

奎元沒看向門一打開就映入眼簾的那些員工，他跟在花英身後朝社長室走去，對經理低聲交代：「後面交給您處理了。」

說完，社長就帶著俊美的花美男上樓，走到社長室。

低頭看了看渾身是血的具成俊，尚雷諾看向經理。

「他們好像才待在一起不到幾分鐘，他被打得真慘。這是社長打的吧？」

站在尚雷諾旁邊的助手服務生張大了嘴，這麼說道。

尚雷諾跟經理同時瞪了他一眼。一看到那兩道要他管好嘴的目光，服務生就閉上嘴，獨自下樓，尚雷諾跟經理則同時來到成俊身邊攙扶他。

「客人，要幫您叫救護車嗎？」

聞言，成俊閉上眼。自己又不是跟奎元上床，花英就如此生氣，他因此清醒過來。

對花英來說，成俊就是單純的朋友，是他自作多情了。當成俊陷入感傷時，尚雷諾把成俊的沉默當成同意，拿出手機。

‡

花英交疊雙腿，坐在社長室的沙發上，奎元則手足無措地站在他面前。他知道花英非常生氣，卻不曉得自己做錯了什麼，也不知道該怎麼讓花英消氣。

他看著花英的臉色時，花英命令道：
「脫光坐下。」
奎元把門鎖上後走回來，在花英面前把衣服全部脫掉。他脫掉白襯衫的那一刻，花英看見自己打的乳釘，怒氣稍微平息了一些。
光著身子的奎元在花英面前跪下來，那理所當然的態度讓花英很滿意。
「你是什麼時候開始跟成俊見面的？」
聽見花英的話，奎元回答：「大約兩週前。」
花英聽了，指著自己交疊的雙腳，「脫掉。」
看著奎元脫掉自己的皮鞋，接著脫掉自己的襪子，花英又問：
「為什麼沒跟我說？」
奎元含糊地回答：「我不曉得該怎麼跟你開口……而且我們見面的時間很少……」
理性地想想，奎元說得沒錯，但花英受到因嫉妒而激昂的情緒驅使，不滿地說：
「你竟然被其他支配者誘惑，真是個不檢點的臣服者。」
花英的話讓奎元一臉驚慌。即使具成俊想誘惑他，可是奎元覺得那其中應該摻雜著其他感情，因此無法理解花英的態度。
花英好像認為他真的受到了誘惑，並隱瞞著這個事實，可是如果他否定，花英會更生氣。

最重要的是，花英的嫉妒讓他很開心，所以奎元態度曖昧地不出聲。

「趴下。」

聞言，奎元查看花英的臉色時，花英放下交疊的雙腿。

奎元一趴到腿上，花英的手指就插進了後穴。乾燥的手指入侵尚未濡溼的地方，讓奎元渾身繃緊，發出「唔……」的聲音。花英稍微開口責備。

「不管是誰插入你，你都這麼開心嗎？嗯？」

這句話讓奎元直搖頭。

「不……不是……咿咿！呼……唔唔！」

奎元連話都無法說完，只搖了搖頭。

習慣受到凌辱的後穴溼潤起來，花英一邊攪動溼滑的黏膜，一邊咬住他的耳朵。

毫不留情的啃咬讓奎元的身體顫了一下，然後倒在花英的腿上，努力讓身體放鬆。

花英一鬆開嘴，奎元的身體就癱軟下來，嘴裡流洩出「哈啊啊啊……」的嘆息聲。看準這一刻，花英又塞進一根手指。

「你浣腸了？」

聽見花英的問題，奎元翹起臀部，瑟瑟發抖並點頭。

「用說的回答我。太放肆了。」

語畢，花英撐開在他體內的兩根手指，奎元則勉強回答：「我浣……咿咿！哈、啊！哈啊……浣腸……了，啊、啊啊！」

花英將第三根手指插入還未完全濡溼的部位。

「怎麼？你想對誰打開後穴？」花英冰冷地問道。

奎元的腦袋發燙，大喊道：「想對花英先生、花英先……嗯、啊啊！好像碰到了……啊啊！嗯啊……」

奎元顫著雙唇，花英卻抽出手指。

「我提不起興致。」

花英的話讓奎元臉色發白。他真的生氣了嗎？

奎元依舊裸露著臀部，比起這個姿勢帶來的羞恥感，花英的心情讓他更慌張。主人竟然提不起興致，這不僅傷了他的自尊心，也讓他感到失落。他剛剛觀察過，常常有女人進出他們包廂，要論誰比較失望，難道不是他嗎？

這麼一想，奎元的心也沉了下來。

此時，花英扶起奎元。他讓奎元躺著張開雙腿，自己跪在沙發上，立刻插進三根手指。

奎元暫時闔上的後穴被強行打開，他「呼……」地深吸了一口氣。

花英看著奎元的臉。別人可能看不出來，但花英看見奎元的臉頰上浮現了紅暈。奎元按照花英教的夾緊後穴，不停喘氣。他興奮起來了。
「看到臉就有興致了。」
花英低聲道。奎元聞言，睜開眼睛看向花英。
看見奎元的表情，花英發出甜美的嘆息，再度喃喃低語：
「我果然很喜歡哥的長相。多哭幾聲，我最近都沒辦法聽到你的哭聲……」
花英放入第四根手指後，奎元的後穴毫無皺褶地含著花英的手指。花英豎起牙齒拉扯奎元右邊的乳頭，然後詢問收緊後穴、不停顫抖的奎元：
「想試試看拳交嗎？」
奎元突然睜開眼，摟著花英的脖子看著他。他知道花英在等他的回答，緩緩閉上眼。
「如果您……想這麼做的話。」
聽見花英說要不抹潤滑液，就直接放入一顆拳頭，奎元健壯的肉體開始劇烈地顫抖，但他沒有逃避。
支配者都會想這樣測試臣服者的忠心。
花英自嘲地心想，緩緩地將彎起的四根手指塞進甬道。
他看到奎元彎起脖子，當最後一根要插入的大拇指碰到穴口時，奎元下定決心似的咬緊牙關。
花英撫摸著被手指撐開的穴口周圍，想了一會，然後把手指抽出來。沒有潤滑液果然不行，而且奎元的後穴還沒擴張到可以拳交的程度。如果沒有放入擴肛器讓他先適應，應該只會留下傷痕。

「答應我，如果以後我不在，你要跟其他支配者見面的話，要跟我報告。」

奎元聞言點了點頭。不是因為害怕拳交，而是他討厭花英誤會他。

花英拉下拉鍊，掏出性器並要求道：「放進去。」

在龜頭碰到穴口的那一刻，花英嗤笑一聲，赤裸裸地侮辱奎元。

「在不停收縮呢，就這麼喜歡陰莖？」

看到奎元的雙眼帶著淚水，花英更加深了笑意。

他露出與平常不同的冷漠笑容，清楚地看著奎元自己放入他的性器。

奎元一閉上眼，花英就要求他張開眼睛。

奎元睜開眼，看向望著自己的花英，然後將花英的性器放入後穴。花英瞇著眼感受性器一點一點被黏膜包覆、推開緊閉著的黏膜，但他沒有閉上眼睛。

「別動。」

奎元將性器插入深處後，花英下令道。

龜頭稍微碰到了深處，想立刻搔刮黏膜的奎元臉上滿是焦急。但花英的眼睛一眨也不眨，讓奎元坐著不動，因此奎元只能等著，眼睛不能閉上讓他更焦急。

花英的目光束縛著奎元，他只能抓著花英的肩膀發出呻吟。
他聽見牆上時鐘秒針的聲音，即使滴答聲反覆響起，花英還是沒有動作，只是束縛著奎元。
他好想動，自從看到花英生氣就十分興奮的奎元只不停地顫抖，一直望著花英。
跟游刃有餘的花英不同，全身發燙的奎元望著花英的雙眼開口：
「喵～」
花英搖搖頭，奎元就扭曲了表情，繼續鳴叫。
「喵～喵～喵～喵～」
但花英不停玩弄著奎元的耳朵，拒絕道：「不行。」
花英觸碰的地方是剛才他咬過的部位周遭。當花英的手指碰到發燙的部位，煽情的感覺使奎元開始掙扎。奎元一搖動臀部，花英就擰了一下奎元的乳頭。
奎元搖著頭哀求道：「花英先生……」
「不行，哥得受一點教訓。居然跟我以外的支配者見面，真讓人無言。」
花英似乎越想越生氣，用強硬的語調碎念。著急的奎元喊著他的名字，花英也裝作沒聽見，反而說：「嫉妒到發瘋的支配者會變得很殘忍，您知道嗎？哥真的是……」
這時，花英大幅動了一下。奎元還以為他終於要開始動了，雙手抓上花英的雙肩時，花英再次停下動作。

「後果真的會不堪設想喔。」

「花英先生……花英先生……」

雖然奎元拚命用臉頰磨蹭花英的肩膀，但花英抬起奎元的臉。

「視線不准離開我。」

花英的話讓奎元緊咬著唇。他總是在被逼到極限的狀態下被插入，不曾像這樣在半途中等待。甬道內好癢，癢到他快受不了了。

不管再怎麼夾緊後穴，只是夾緊還遠遠不夠。

只是體內被填滿，還無法讓他射精，奎元的眼裡流下淚水。因為他覺得為了不能擺動臀部，沒辦法讓男人的性器插得更深入而哭出來很羞恥。

這張充滿男子氣概，也可說像個戰士的臉龐不停落下眼淚，花英抱持著愉悅的心情欣賞這副景象，舔舐他的淚水。味道跟海水相似，卻完全不一樣，海水沒有這麼甜。

即使耐心到了極限，花英還是沒有動。奎元越來越心急，更苦苦哀求。花英也快忍到了極限，但他忍住了，這不是耐性的問題，而是經驗問題。花英壓抑著欲望，欣賞著奎元的淚水。

如果他不射精，奎元當然也不能射。奎元就坐在腿上，依舊相連的分身腫脹到發疼，花英卻絲毫沒有要動作的意思。

「花英啊……」

奎元用纖細的聲音呼喊花英，這是安全詞。一聽到再也忍不住的安全詞，花英就興奮到腦袋裡發出尖銳的電子音。

不曉得是沒有察覺到花英的臉色，還是即使看著花英仍半失去了理智，奎元又哀求道：

「花英啊，花英啊，救救我。」

那一刻，花英讓奎元躺下來，開始大幅擺動腰部。

女人和普通的臣服者都無法相比的健壯身軀大大張開雙腿，像娃娃一樣跟著晃動。每當花英的腰部往後退，奎元長時間受到折磨的後穴就會緊緊跟上。

「把腿抬起來，纏在我腰上。」

聞言，奎元連忙抬起腿，纏住花英的腰，或許是怕花英會就此停下來，總之就是很可愛。

花英一笑，等奎元的腿纏上腰，然後再次動了起來。

每當花英往外抽，奎元的腿就會緊緊纏住花英，把他拉回來，讓花英很開心。看到奎元這麼想要他，花英的氣就消了。

「喜歡嗎……？」

花英每問一次，奎元就喘著氣點點頭。

「喜歡，好喜歡！啊、啊……啊啊、啊嗯、啊啊……呼啊！」

奎元緊纏著花英，同時夾緊後穴，發出比女人還高亢的呻吟。

「請……請您射……哈啊、啊！嗯……請您射進來……我以後不會……喔！哈啊、哈啊啊啊……嗯，不要……」

花英再次停下來，讓奎元猛搖頭。不要，不要啊！

他表現得像個孩子一樣，而花英捏著他的下巴，對上他的目光問道：

「您愛我吧？」

眼淚從奎元的眼中落下。他一點頭，花英就皺起眉。

「真是的……後面不要夾緊……很熱又難受啊。」

奎元聽了，想放鬆一點，但無法如願。要不是他確定花英會生氣，他都想自己動了。

「你愛我嗎？說說看。如果不做這種事，如果我不是支配者，就只是尹花英……你會怎麼想？」

花英的話讓奎元抬起頭，花英的表情很認真。

他是因為自己跟其他支配者見面，所以很不安嗎？但事情真的不是那樣啊。

奎元在高潮前踩剎車，硬是驅使下意識顫抖的身體，將自己的唇貼在花英的嘴唇上。

「我愛您，就算您只是花英先生，我也喜歡您。」

話音一落，花英就瘋狂動起腰部。

「啊啊！太……太快了……呼啊……啊嗯！嗯！」

奎元呻吟出聲，而花英雖然喘著氣，仍輕笑出聲。

「唔！你不是……喜歡激烈一點嗎……啊！呼啊……唔！」

花英毫不留情地頂進奎元體內。他往後退，只留下龜頭在裡頭後又用力頂進，讓奎元意亂情迷。那一刻，花英說：「我們可以……一起射。」接著猛烈抽送幾次後射精了。

這一瞬間，奎元睜開眼，為了看花英高潮的表情。

花英在奎元體內射精的同時勾起微笑，他皺起眉的臉上露出些許笑意，身體顫抖著射精了。奎元好喜歡他這副模樣，因此看著花英，無力地高潮了。

花英一直看著即使一臉疲累，仍然沒有別開視線的奎元。

高潮結束後，花英一抽出性器，奎元就貼到花英的性器上，要像往常一樣做善後處理，但花英制止了他。

花英從奎元桌上的面紙盒裡抽出幾張衛生紙，大致擦了一下，將沾有精液的衛生紙揉成一團，塞在奎元的穴口。

奎元看著花英，而花英笑得一臉燦爛，跟他說：

「你就這樣含著它回家吧。」

他拉過奎元的手，按了按衛生紙，然後稍微整理一下就恢復成原有的端莊整潔，之後像方才一樣坐在沙發上交疊雙腿，悠悠哉哉地欣賞奎元的動作。

看著穴口塞著衛生紙的奎元穿上內褲，花英討人厭地開口：

「你最好小心點，後面只有一條線，搞不好會彈出來喔。」

奎元想像著花英說的那個畫面，身體再次開始發燙，很是慌張。他實在沒有勇氣正面面對著花英穿衣服，因此背對著他穿上內褲。

花英目不轉睛地看著他將自己塞入的衛生紙團稍微往裡面塞，然後放上內褲的細繩。繩子陷入奎元的股溝裡，再也看不見。

「性器也不要擦，就這樣讓它風乾再回家。還有，要在我面前做善後處理。」

花英的話，讓背對著他的奎元身體一顫。

竟敢對金奎元耍花招，花英越想越生氣。

他不覺得是朋友背叛了他，只是對誘惑自己臣服者的支配者感到生氣而已。對花英來說，奎元的存在比戀人還重要。

對花英來說，奎元是愛得要死的戀人，也是只有他可以擁有的人。奎元可以跟任何人見面，可是這跟能看見奎元的底線是兩碼子事。而且，花英十分自豪他是唯一一個可以看到奎元底線的人，現在卻出現了覬覦這項權力的人，讓他氣得咬牙切齒。

與體內留有花英的精液，在肉欲中掙扎的奎元不一樣，花英遊戲一結束就想起他的損友，折著他的手指。

奎元穿好衣服走過來，花英就站起來笑著說：「小心點。」

花英的手指鑽進奎元臀瓣之間隱密的縫隙，從衣服外戳了戳，低聲道：

「別讓淫穢的液體弄溼了褲子。」

奎元渾身發顫，承受著花英的手指攻擊。花英看到奎元害怕自己的手指碰到那團固定好的衛生紙，下意識地夾緊臀部，就一把抓住他的臀瓣。

「這屁股太乾淨了。您別以為懲罰結束了，懲罰結束時，您會深刻地體會到背著我跟其他支配者見面會有什麼樣的下場。」

說完，花英一走出社長辦公室，就遇到了經理。

花英露出一貫的笑容，往旁邊一退，「您請進。」

經理聽到，尷尬地笑著說：「不、不用了。」

花英立刻走下樓。經理看著花英的背影，深吸了一口氣。他剛剛上來時分明聽到了什麼聲音，雖然很小，卻很清楚。

「請您射進來……」

高亢的聲音是那麼說的。太快了、好喜歡、請您射進來、好大、我要射了……經理聽著這細小的慘叫聲，好不容易才忍住，沒有去碰自己的性器。

慘叫的應該是剛才那個男人吧？想像著那貌美如花的男人抱著奎元哭喊的模樣，經理緊緊閉上眼。雖然他不是同性戀，可是如果對象是剛才那個男人，似乎也不是不行。

那男人用厚實的雙唇說著「請您射進來」；當他用比女人高亢的聲音哭喊時，有誰不會高潮呢？而且他是男人，用的是後穴，插入那麼緊緻的地方不曉得有多爽。

經理一打開辦公室的門，就聞到一股只要是男人都很熟悉的腥臭味。

別人在外面忙得要死，有人卻在辦公室裡做愛，過得還真舒服。

奎元轉過身抬起頭問：「您有什麼事嗎？」

經理察覺到奎元的臉比平時還紅潤，腦海裡想起剛才走出去的男人。

那男人到底哪裡有問題，要跟黑道在一起？這麼好的男人當黑道成員的戀人太浪費了。

經理這麼心想，同時開口：「那位就是花英先生嗎？」

聞言，奎元看著經理說：「您認識花英先生？」

承受著奎元比平常還冰冷的目光，經理突然清醒過來。他居然裝熟，是瘋了吧！

經理在心裡罵著自己，生硬地轉移話題：「啊……我之前曾接過那位先生打來的電話……哈哈哈！請您看看資料。」

‡

『就算您只是花英先生，我也喜歡您。』

但是，他說的不是愛。

花英在洗手間裡洗手，嘆了一口氣。

具成俊說的話，某方面來講是對的。奎元遇到的第一個對象是他，所以沒有機會搞清楚自己的性癖，或許只是滿足於被人虐待的喜悅。事實上，雖然奎元選擇了ＳＭ玩家這條艱辛的路，但花英也許一直束縛著奎元應有的權利。

啊！該死！所以要我怎麼做？要我放棄奎元哥？那還不如別讓我認識他。

花英咬牙切齒地離開洗手間，想回到包廂時，遇到的服務生悄悄對花英說：

「現在裡面在烤肉。」

他的意思想必不是客人在包廂裡吃烤肉。花英一臉不解地看著服務生，服務生尚雷諾就更壓低聲音說：

「您的同行友人現在正在裡面跟女人做愛。」

他進去鐵定會破壞氣氛。但花英聽完之後說：「可是我得進去拿我的衣服跟公事包。」

話音剛落，尚雷諾就說已經幫他拿出來保管了，走在前面帶路。

花英猶豫片刻後跟了上去，尚雷諾跟他說：

「如果您想再玩一會，我能幫您準備舞池那邊的位子。」

「不用了，可能是年紀大了，我累了。」

尚雷諾聽著花英的聲音，在心裡咂嘴。他剛才悄悄跟花英的朋友混在一起，問了一下他們的職業，竟然是會計師。這樣的知識分子怎麼會跟黑道交往？而且他個性又好。花英的同事都用「喂，小子」叫服務生，只有這男人說話十分恭敬。

不管怎麼看都是個好男人，怎麼會成為那可怕男人的情夫呢？人類真的很難懂。

花英完全沒想到服務生在想什麼，接過大衣跟公事包就拿出皮夾，遞了兩萬給尚雷諾。

「勞您費心了。」

真的是個好男人啊！還很懂禮貌，知道要給小費。

「哎呀，謝謝您。下次來玩的時候，請您一定要找我尚雷諾！」

尚雷諾大喊著送花英離開，當人一從視野裡消失，就嘆了一口氣。

這麼有出息又長得這麼好看的男人，怎麼會成為社長的戀人呢？肯定是受到威脅吧。唉，真可憐，那他是不是不該收下這兩萬塊？尚雷諾陷入苦惱。

花英作夢也沒想到，他理想的戀人會被員工當成壞人。他搭上計程車，一回到家，冷冰冰的氣息就讓他憂鬱起來。如果奎元在家，那該有多好？

他把大衣、衣服脫下來後隨便扔，公事包隨手一拋，然後倒在床上閉上眼，腦袋裡一直想著「如果奎元在家，那該有多好？」。如果奎元在家……那個可愛的人。

他今天第一次哭著說「花英啊，救救我」。雖然他喵喵叫的樣子也很可愛，但他喊「花英啊」的模樣，性感到讓花英腰肢發麻。啊啊，既討喜又可愛，必須加強防備才行。

閉著雙眼，花英一直想起奎元。他不太清楚把「花英啊」定為安全詞是不是一件好事，因為從奎元嘴裡聽到「花英啊」的那一刻，花英更興奮了。

這是他第一次聽到奎元喊出安全詞，所以不管不顧地用力抽送，但下次再聽到，別說安撫他了，他應該會繼續做下去，想聽奎元多喊幾次。

他們最好重新定一個安全詞。

一想起具成俊的臉，花英就火大。撇開他們是朋友的事實不說，他完全可以理解身為支配者覬覦臣服者的心情。事實上，他跟成俊也曾打賭過，如果他們看上同一個臣服者，就來比誰能得到對方。但是真的遇到這種事情時，他真的血壓都飆升了，更讓嫉妒蒙蔽了雙眼。

再這樣下去，如果被甩了怎麼辦？花英試著想像了一會。

如果被甩，兩人當然會分手，但以他現在的心情來看，他似乎會說「要分手，我們就一起去死」，大鬧一場。

瘋子！花英毫不留情地罵著自己。他閉上眼，想起今晚哭泣的奎元，氣憤的心就沉澱下來。

花英啊，救救我——哭著呻吟的奎元真的很可愛。

「花英先生？」

有人在喊他。他睡著了嗎？花英感受到某人的手，思考著自己是什麼時候睡著的。

他為什麼會睡著？是什麼時候睡著的？他完全不記得。他昨天做了什麼？腦袋一片朦朧，又快進入夢鄉的時候，花英感受到某人的撫摸。

那個人十分猶豫似地摸摸花英的頭髮，又摸摸臉頰，接著移開手。

別停下來啊！花英在夢裡對那個人說。

像是聽到了花英的話，有什麼東西靠了過來。在柔軟的東西碰上嘴唇時，一個人的名字像魔法一樣浮現在腦海中。

「奎元哥？」

花英沒睜開眼，貼著唇低語，奎元就回答：「是。」

昨晚喊著「花英啊，救救我」的男人，天一亮又變回恭敬的模樣了。可是沒關係，他是花英的臣服者，是花英的奴隸，是花英的寵物貓，還是花英的戀人。

「您回來了？」

聽見花英的話，奎元說：「我原本不想吵醒您的……」

他猶豫了片刻，花英就對猶豫了好一陣子的奎元伸出手：

「躺到我旁邊，您不睏嗎？」

聞言，奎元搖搖頭，更加猶豫的他小聲地說：「因為花英先生的……」

不曉得奎元在說什麼的花英眨眨眼，然後咧嘴一笑。不過他只是笑著，沒有要幫忙接話的意思，奎元最後不得不自己把話講完。

「因為花英先生的牛奶……還在裡面。抱歉，把您吵醒了。」

他本來要求奎元回到家，就要在玄關把衣服脫掉，可是他們的作息時間完全相反，花英就收回了這項要求。

一大清早就看見奎元完美的正裝打扮，一想起衣服下的肉體，花英的下面就硬了。西裝下的那副身體，帶著花英的喜好之色。左乳頭戴著乳釘，陰毛剃得乾乾淨淨，穿著薄紗丁字褲，擺出一臉禁欲的表情。

占有欲突然湧上。

「啊啊！」

花英故意裝作現在才想起來的樣子，拉高聲音。奎元以為花英忘記了，難為情地低下頭。他不用這麼害羞啊。花英賊笑著心想，容易害羞這點也很棒。

花英啊，救救我——一想起那道聲音，花英一大清早就精神奕奕。

一大早就讓他哭，是不是有點壞？他明明才剛下班。

雖然花英想暫時戴上貼心戀人的面具，但看到奎元漲紅的臉，他就聳聳肩心想「不管了！」，支配者要是變親切，要怎麼支配臣服者？

花英站起身，對奎元招招手，要他跟上。

「脫掉衣服坐下。」花英指著馬桶說。

奎元太可愛了，讓他好想羞辱他。

看到奎元閉上眼睛，花英笑了，他清清楚楚地看見那張極有男人味的臉上，帶著認命跟濃烈的欲望。想被羞辱的大公貓，熬夜工作完回到家也期待受到侮辱，渾身顫抖的樣子好可愛，花英決定用責備代替稱讚。

「太慢了，然後再淫蕩一點。」

花英的目光刺向奎元的胯間時，奎元的肩膀一顫。他說著「對不起」，脫下衣服。白襯衫一褪去，露出了乳釘。雖然現在還戴著基本款，但等他習慣後，花英打算戴上珠寶。

脫掉褲子跟內褲的奎元看向花英。

「把衛生紙拿掉。」

聽見花英的話，奎元拿掉衛生紙，坐到馬桶上。

坐下的那一刻，傳出有東西滴入水中的聲響。咚！的一聲，讓奎元緊緊閉上眼。

「睜開眼。」

花英一要求，奎元就急忙睜開眼，看向花英。

「練習不要閉上眼，身為一隻奴隸貓，你別想逃避。」

聽見花英嚴厲的話，奎元擠出聲音回答：「是。」

他用眼睛承受著花英的目光，覺得自己快瘋了。

在他忍著不要閉上眼時，花英將胯下頂到奎元眼前。

「含著。」

花英的話讓奎元垂下目光。跟承受花英的目光相比，含著花英的性器沒那麼難為情。

奎元含住因為生理現象而半勃起的性器，用力吸吮起來。他非常希望花英沉浸在快感中，聽不見自己在排泄的聲音。

「你一邊含……呼……一邊含，一邊做……呼、哈啊……善後處理……」

奎元含著花英的性器，將右手往下伸。馬桶是個問題，因為花英沒辦法看清楚。

花英很疑惑，為什麼世界上沒有玻璃做的馬桶？在遊戲中排泄，或是類似排泄的性行為幾乎是基本的經典玩法，既然如此，可以為SM玩家打造一個玻璃馬桶啊。雖然有類似的東西，只是他們家沒有就是了。

奎元不停瞥向花英，花英就輕笑出聲。如果花英叫奎元與自己四目相對，他會害羞，卻養成了一個看著花英高潮模樣的習慣。

雖然不曉得奎元為什麼會突然不顧害羞，也想看著自己的臉，但是這個舉動並沒有讓花英感到反感。不，奎元想看他的表情，反而讓花英有種滿足感。

奎元的嘴巴張開到極限，吸吮著花英的性器。他將性器前端流下來的液體全吸進嘴裡，縮緊喉嚨，用舌頭舔舐柱身。空閒的左手撫摸著底下的囊袋，拚命盯著花英的臉。
「啊……很好。」花英稱讚奎元，「真的做得很好……呼……」
嘴裡說著露骨的詞，花英不斷說著不曉得是稱讚還是侮辱人的話。
「啊……好溫暖，呼……咪咪，你上面、喔！跟下面都很貪心呢……你就那麼想喝嗎……？」
花英問道，含著花英性器的奎元就點點頭。他想喝。
隨著口交的次數增加，現在奎元光是喝下花英的精液就快射了。是花英把他調教成這樣的。
令人畏懼的快感動搖著奎元，他拚命吸著花英的性器。
也許……
花英一抽出性器，奎元就一臉遺憾地看著花英，然後心想「搞不好在街上舔舐花英先生的性器也能讓我高潮」。
花英射出精液。他抓著奎元的頭並固定住，噴濺在奎元臉上。
奎元不滿地發出呻吟：「嗯、呼嗯……」
花英的精液好可惜，那些被白費掉的精液浪費極了。
但是花英沒有鬆開手，奎元也沒有權利可以抵抗花英的手。
花英溫熱的精液都落在臉上，睫毛、鼻子、嘴唇、下巴……然後凝聚在下巴尖的精液滴進馬桶裡，發出滴答聲響。

「雖然貓咪本來就喜歡牛奶……」

奎元因為花英咂舌而回過神時，花英已經用手指捏住了奎元伸出來的舌頭。

「但你就這麼想喝？」

這句話讓奎元精神一振，睜開眼睛，花英的性器就在他眼前。正中間的小小孔洞流出白色黏液。在它滴落前，奎元從花英的手指裡抽出舌頭，朝液體伸去。

花英看到他的舌尖碰到那滴黏液，接著鮮紅的舌頭捲起並收回嘴裡。奎元像在吸吮糖果，發出美味的聲響，將黏液吸進嘴裡。

花英看到奎元的狀態，知道他已經半陷入遊戲裡了。

「今天得讓你多哭一點才行啊。讓我們看看你今天會喊幾次我的名字吧。」

聞言，奎元睜開眼。花英用手指沾起奎元臉上的精液，貼上他的嘴脣。

「咪咪喜歡的牛奶，你可以再多喝一點。」

奎元張開嘴，舔舐花英的手指。

花英看到奎元的舌頭像舔舐性器時一樣，淫亂地纏上手指，同時下定決心，他今天一定要讓奎元大哭特哭，做好覺悟。

竟然有其他支配者覬覦這樣的奎元，花英身為主人非常不滿。而花英的咪咪還不曉得花英下了一個狠毒的決定，津津有味地品嘗了好幾次花英餵到嘴邊的冷卻牛奶塊。

第四章

地牢裡飄盪著與以往不一樣的氛氛，因為花英第一次讓他的奴隸正式公開亮相。

由於地牢除了年度會員，幾乎不收其他會員，所以彼此都有看中的目標。大概是因為這樣，現場有高人氣的支配者，也有受歡迎的臣服者。以尹花英為例，雖然他有點難伺候，但大家給他的評價都是很會玩遊戲。

不過，也有幾位人氣不如花英，但也跟他不相上下的支配者。具成俊作為花英的朋友，事事都會被拿來相比，不過他也是其中一名「人氣跟花英不相上下的支配者」。

可是，花英跟其他支配者有很大的不同。受到擁有美麗臉龐的菁英青年虐待，撇除遊戲內容不說，光這一點就令人渾身發燙。

除了羞恥遊戲，花英幾乎不玩別的遊戲，但他的羞恥遊戲玩法比地牢裡的其他支配者還豐富，所以有無數臣服者心裡都磨刀霍霍，想跟花英睡一次。其中，很有自信的臣服者更希望成為花英的奴隸。但花英拒絕了所有人，日復一日都跟他喜歡的臣服者玩，不找固定的奴隸。

他是所有人的偶像，大家共享的戀人。那樣的花英，第一位奴隸居然不是地牢的會員，而是一位大家都意想不到的對象。花英對他著迷不已，也不再來地牢，讓會員們的好奇心跟不滿日漸增加。

不過，他說會出席聖誕派對，地牢的氣氛因此高漲起來。

不只臣服者，就連支配者之間也流竄著緊張與期待，心想：他究竟會帶什麼樣的臣服者來？因為臣服者的外表跟其他表現都會彰顯出支配者的能力。

「那是怎樣的孩子？」

李基煥問道。在他坐著的沙發旁，有一位看起來很詭異的男人站著，全身上下打滿了洞，種類很多。總之，他身上穿的環多到就像一顆蜂窩。每當基煥若無其事地觸碰男人掛在性器上的鐘擺，男人就會壓抑住呻吟聲。

「那不是孩子。」成俊用微妙的口吻回答，轉移話題，「哥，您這是扮成什麼？今天不是變裝派對嗎？」

基煥還來不及回答成俊，勇佑就先插嘴說道：「你看臣服者的太陽穴。」

聞言，成俊看向男人的太陽穴，他的兩邊太陽穴上都黏著看似螺絲的飾品。

「該不會是科學博士弗蘭肯斯坦跟怪物吧？」

這句話讓基煥反問：「什麼叫該不會？」

「比你好，好嗎？你一個孩子，怎麼這麼不知變通？」勇佑嘲笑成俊。

成俊坐著的沙發旁站著三位臣服者，三人都是女裝打扮。

雖然成俊喜歡的類型是非常柔弱的美少年，但是看起來還是很搞笑。成俊讓他們扮成兔女郎，頭上戴著兔耳朵，身穿黑色連身泳裝，還戴著尾巴。尤其是那條尾巴非常引人注目，因為那明顯是帶有流蘇的肛塞。後穴含著巨大的肛塞站著，想必相當痛苦，而且成俊偶爾會打開開關，折磨臣服者。

成俊自己則跟平時一樣身著西裝。反正這是公開羞辱臣服者的場合，其他人也只會注意臣服者，支配者大多都穿著平常的服裝，或者稍微喬裝一下。

罵成俊不知變通的勇佑也一身輕便，勇佑的兩位臣服者則都穿著高跟鞋跟迷你裙。雖然勇佑跟成俊的喜好很相近，但勇佑的臣服者身形都比成俊的高壯，因此十分可笑，但比成俊的臣服者們合適許多，因為勇佑沒有讓他們裝扮得很唯美，而是羞恥的打扮。

勇佑的兩位臣服者脖子上都掛著一塊小白板，寫著「男妓」兩個字。

「不曉得尹花英會讓他的臣服者扮成什麼模樣。」

聞言，成俊垂下目光。

奎元會穿著什麼樣的服裝入場？花英平常總會說到貓咪，會讓他扮成貓嗎？但奎元給人的感覺不像貓，而是大型猛獸。那張臉即使戴上貓耳朵、後穴夾著帶有流蘇的肛塞也不像貓。

「原則是同行者中一定要有一人喬裝打扮吧？」

聽見成俊的話，勇佑回答：「沒錯。」然後看向基煥。

「奇怪？這麼說來，弗蘭肯斯坦是男的，怪物也是男的呢。哥，您這是犯規。」

基煥聽了，咧嘴一笑。

「不是也有怪物新娘嗎？我聲稱他是怪物新娘就好啦。」接著，基煥學著勇佑剛才的口吻說道：「你這孩子怎麼這麼不知變通？」

突然成了不知變通的小孩，成俊皺起眉頭時，某處傳來了「哦？」的聲音。

花英入場了。他來了是很好，但他腳踩高跟靴，穿著騎馬服風格的卡其色褲子，搭配一件制服款式的上衣，頭戴軍帽，手上拿著一條馬鞭，他身後則是一身軍裝、板著臉的奎元。

「哥哥們，好久不見。」

花英先打招呼後，李基煥開口就切入正題：「難道扮女人的是你？」

「嗯。」花英抱起雙臂，一臉高傲地問：「很適合我吧？」

聽到這句話，基煥眨了眨眼，傻眼似的嘆了一口氣。

勇佑走到花英身旁低聲道：「臭小子，適合穿女裝就這麼開心嗎？」

成俊沉著冷靜地觀察情況。雖然支配者們都目瞪口呆，但臣服者們不一樣。

看著那些稍微擦肩而過的興奮身影，成俊小聲嘀咕道：「就說他天生麗質了。」

突然有什麼抬起成俊的下巴，他抬起視線一看。

「沒傷得太嚴重嘛。」

花英是只要生氣就會揮拳，但不會記仇的類型。他低頭觀察著成俊的臉。

「難道你希望我傷得很嚴重嗎？」

成俊回嗆，並把花英的手從下巴揮開，看向站在花英身後的奎元。

明明花英就在他眼前，為何他的視線總會不自覺地看向那個男人？

成俊擺出若無其事的樣子跟花英聊天，卻對花英身後的奎元在意得不得了。因為他是花英的臣服者嗎？因為他是第一個花英選擇的人？他究竟為什麼那麼在意他？

「讓我們看看你的臣服者吧。」

聽到基煥的話，花英面帶笑容地看著他。

基煥看花英只沉默地笑著，反問：「哎呀？不樂意？」

「非常不樂意。」

成俊一臉傻愣地看著花英爽快地回答，之後丟下一句「我等等再來」就帶著奎元消失在包廂區。

成俊一開始明明心想「花英喜歡那個男人的哪裡？」，如今他整理好自己對花英的感情後，腦海中只剩下情感冷卻後的一些眷戀，但他無法理解自己為什麼仍舊無法忘記奎元。

我忘記了花英，但為什麼會在意奎元？我終於瘋了嗎？

成俊直盯著那道背影，直到奎元消失。

肚子忽然一陣絞痛。看來是我瘋了。成俊下了奇怪的結論。

‡

全身赤裸地站在花英面前，奎元頻頻瞥向牆角。他很在意攝影機。還有人在攝影機前玩排泄物遊戲呢，有什麼好擔心的？花英與生俱來的性癖讓他個性相當傲慢，他才不管別人看不看，他只專注於自己要做的事。

奎元把衣服脫掉後，花英問他：「見過嗎？」然後皺了皺眉，指向某樣物品。

奎元一臉曖昧地點頭。

花英指著一張椅子。那張椅子華麗，但椅墊正中央有一根性器模樣的巨大按摩棒。好大，這是奎元的第一個感想。

但按摩棒或跳蛋的尺寸是令他非常在意的部分。那東西跟花英的性器不一樣，又硬又乾，所以尺寸越大，對身體的負擔就越大。

「今天會執行完懲罰，你想必不會想再背著我，跟其他支配者見面了。我會讓你的身體牢牢記住這點。」

花英說完後，拿著一桶潤滑液過來。他一說「浣腸姿勢」，奎元立刻動了起來。可能是已經熟悉了，姿勢擺得很正確，打開後穴的速度也很快。

奎元用雙手打開兩片臀瓣，小指撐開穴口，讓花英一眼就可以看見黏膜。

花英在手指上套上保險套，沾了潤滑液後開始塗在甬道裡。奎元很清楚地感受到橡膠的觸感。花英像在享受似的慢慢抽出手指，每當這個時候，黏膜就會稍微跟著拉起。

花英把手指插入甬道，塗上潤滑液之後，慢慢塗抹至外側，因此奎元一直動著臀部。

突然間，一道劃破空氣的聲音隨著拍打聲響起。

「啊啊啊！」

奎元拱起背脊，陣陣發抖，這感覺跟平常不一樣，比平常還痛，但是身體也因此迅速開始發燙，酥麻感也更快就湧上來。

有什麼東西落在奎元的背上。有尖銳的角——察覺到是馬鞭後，奎元渾身顫抖，而花英看著他。

奎元顫抖的同時，花英在奎元的體內塗上潤滑液。奎元的臀部一顫，他就用鞭子打他。這循環越來越快，奎元因為痛苦與快感呻吟出聲。

花英的手指越靠近穴口，奎元的臀部就扭得越劇烈，越是挨打。

「別動，堅強地忍住，你這隻赤裸的貓。」

雖然花英笑著警告他，但奎元嘴裡喊著「是，呼唔！啊啊嗯……」，臀部又一顫，挨了一下。

花英的手指沒有深入奎元的體內，只是仔細地撫摸褶皺，奎元發出「唔嗯！嗯……」的呻吟，扭動著臀部。

他的身體本來就比較敏感，第一次在地牢身體交疊時，即使他完全是個新手，身體的反應卻很敏感。如今經過花英的調教，身體變得更加敏感，只是插入一根手指就令他焦急難耐。

這就是他可愛的地方，但是太可愛了，可不能在他人眼中也這麼可愛。

花英的鞭子狠狠落下。

「鞭子的滋味如何？」

聽見花英的話，奎元像期待已久似的哭喊著：「很舒服……！」

花英將奎元的穴口褶皺一一撥開，塗抹潤滑液，然後要求道：「抓著扶手彎下腰。」

奎元站了起來。不愧是鞭子，奎元挨打的地方都留有鮮紅的痕跡。

在奎元彎下腰的那一刻，花英的鞭子立刻落下。打起來確實跟徒手打的感覺不一樣，花英很喜歡用手打，因為這樣可以感受到奎元肌膚的觸感，但他有時覺得用鞭子也不錯。

花英端詳著奎元。他因為挨打而拱起腰時，花英就用手指觸碰傷口折磨他；如果奎元發出淫蕩的呻吟聲，他就再次揮下鞭子。

一開始一次只打一鞭，後來增加到一次落下三鞭。雖然奎元無法發現到這件事，但花英打滿四十鞭後，把鞭子伸入股溝之間。

「打開。」

聞言，奎元彎著腰努力打開後穴。可是，打開後穴就會拉扯到傷口，因此奎元打開後穴的同時，也無法克制地發出「呼啊……」的呻吟。

花英把鞭子插進奎元狹窄的穴口，而奎元高聲呻吟「呼啊——啊嗯！」，然後抬起腰。

花英很喜歡他這個反應。平常聲音低沉的壯碩男人，玩遊戲時用比女人還高亢的嗓音哭喊又搔首弄姿，作為支配者的快感衝上腦袋。

他平常會看什麼A片十分明顯，就是會有女臣服者登場、哭喊的吧。雖然女臣服者們實際上不會這樣哭，但對奎元來說，這樣的呻吟聲已經變得太過理所當然。而可以享受奎元這種聲音的，只有花英。

今天，他要奎元將這件事銘記在心。

「接下來。」花英說完，伸出手指撫過奎元含著鞭子的穴口，用甜美的聲音說：「我會打你的這裡，打到你的穴口裂開。」

這一刻，奎元大喊著「不、不行……呼啊啊啊，不……！」然後挺起腰桿。

聽見滴答滴答的聲音，花英低頭一看地板，精液從奎元的性器滴落在地。看到奎元無法忍住高潮，不斷顫抖的腰，花英露出奎元最喜歡的殘酷微笑。

奎元一陣驚慌，因為他的甬道癢得快瘋了，而且好燙。他覺得潤滑液裡含有某些成分，但他沒辦法問。只要花英打他，那股搔癢感就會被痛苦抹去片刻，但是又會隨著炙熱加劇。

鞭打總是這樣，只會暫時打斷快感，接下來痛苦跟快感會一起擴散開來，讓奎元更難受。

體內最深處有股搔癢感，慢慢地蔓延至外面，穴口像火燒一樣搔癢至極。奎元覺得與其打他的屁股，不如乾脆打他的穴口，就算打到流血也沒關係。如果受傷可以立刻止住這股搔癢感，要怎麼做都行。

此時，花英低聲道：「接下來我會打你的這裡，打到你的穴口裂開。」

那一秒，高潮讓眼前一片朦朧。或許是因為隨著這句話，花英的鞭子帶來了更甚於插進穴口的衝擊。

「啊！不行……」

奎元吃驚地發出慘叫，但欲望的浪潮已經淹沒了他。高潮的最後，奎元咬緊牙根，精液滴到地上。

花英粗魯地拔出插進奎元後穴的鞭子，那股痛楚令奎元拱起背。

他聽見花英扔掉鞭子的聲音，完全不敢回頭看。

花英一把抓住他的頭髮，讓他跪下，那邊有奎元滴落在地的液體。

「清乾淨。」

聽見花英的話，奎元緩緩貼近地板，打算伸出舌頭時。

「你是抹布嗎？我是要你清理那邊嗎？」花英大發脾氣，指著自己的腳趾，「把你噴出來的給我清乾淨。」

聞言，奎元的嘴唇貼上花英的腳趾。舔著舔著，奎元用惹人憐憫又悲傷的模樣，用嘴含住花英的腳趾，溫柔地愛撫。花英肯定生氣了，比支配者還早高潮的臣服者或許會遭到厭惡。這麼一想，他更焦急了。

奎元舔著花英的腳趾，看著花英的臉色。

「夠了，坐到椅子上。」

聽見花英的命令，奎元站起身，一看到椅子，不自覺地倒抽一口氣。他知道花英讓他坐下是什麼意思，但他沒有信心，又想挽救剛才的失誤，因此看著花英，打開後穴。

奎元打開後穴，慢慢從黑色凶器的上方坐下去。花英冷眼看著奎元，讓他感到焦急。當凶器的龜頭碰到穴口，奎元咬緊牙關往下坐。腰部傳來一陣刺痛，他感覺到穴口被硬是撐開，但奎元打算馬上沉下腰部。

這時，不知何時過來的花英抓住奎元的肩膀。

「慢慢來。」

花英帶著不像在生氣的表情，低聲道。每當奎元想加速往下坐，花英都會抓著他的肩膀阻止他，強調「慢慢來」。

慢慢地，巨大的人造性器越深入，後穴被撐開的感覺就越鮮明。花英將手伸到奎元的後穴，碰上穴口。

「沒有一點褶皺呢。很好，不會留下傷痕。」

那一秒，汗水從奎元的額頭上滴落，這時他才發現自己在冒冷汗。

龜頭插進來了，現在剩下比龜頭還粗的部分，奎元的雙腿不停顫抖。

花英在他的額頭上輕輕落下一吻後說：「往下坐。」

奎元又往下坐了一些。

當奎元的甬道總算完全含入按摩棒，受傷的臀部碰到椅子時，花英賞了他一個濃烈的吻。

「做得好，真乖。」

幸好花英好像沒有生氣，奎元閉上眼接受這個吻。

接著花英將奎元的雙手銬在椅背的手銬上，雙腿大幅打開，放到看似扶手的部分上銬，並往他嘴裡塞入口球。

花英拿起椅子底下的長柱型套子，將奎元的性器套進去。

奎元在椅子上完全無法動彈，他突然開始感到害怕，感覺就像穿著精神病院的拘束衣，無法依照自己的意願做到任何事，令他感到恐懼，因此閉上眼。

沒事的，他不斷對自己這麼說。不論情況有多可怕，那都是花英做的，不要緊，花英不可能讓他置身於危險。這只是一個遊戲，花英會替他解開的。但這對長年以來都是自己保護自己的奎元來說，依舊帶來很大的恐懼。

花英道：「你不可以跟其他支配者見面，給我記好了。」然後按下手中的遙控器按鈕。

那一秒，奎元瞪大雙眼。

潛伏在奎元體內的凶器動了起來，機器震動的聲音讓他全身汗毛直豎。再加上體重往下壓，使按摩棒更加深入甬道，令他絕望至極。現在，原先緩慢旋轉的按摩棒更加快了速度。

要用無生命的物體誘發性欲，事前需要做很多準備。支配者的技巧很重要，但臣服者的欲望也是十分重要的一環。奎元本來還很疑惑，這椅子真的有辦法坐嗎？但他真的坐下去了。

下流的貓咪。花英抱起雙臂，露出爽朗的笑容望向奎元瞪大的雙眼。

旋轉的按摩棒帶來短暫的衝擊，之後奎元因興奮而掙扎起來。

不，他是在心裡大肆掙扎，身體卻完全無法動彈。再加上奎元的性器被套在延遲射精套裡，一滴精液都無法射出，因此快感很快就變成了痛苦。

身體越敏感，痛苦就越快找上門。

奎元馬上瘋狂地搖頭。他想對花英說些什麼，但是嘴巴被口球堵著，無法講話。雖然應該可以喊出安全詞，但花英根本不打算聽。

花英剛才看到了成俊。他清楚地感受到這個說過喜歡自己，十年來一直死纏爛打，毫無保留地發揮風流本性的具成俊，用茫然的目光追著奎元。

奎元的自卑感很重，他很有可能連成俊在誘惑他都不曉得，反應遲鈍。花英想澈底抹掉那個可能，同時也要懲罰奎元——懲罰他作為花英的奴隸貓，還去見其他支配者。

奎元感受到的並非痛苦，而是快感。因為過於巨大，只能感受到痛苦的快感，不會太過勉強奎元的身體，所以花英為此準備了拘束道具。而且奎元會大聲哭喊，或許會傷到聲帶，因此花英也準備了口球。

眼淚從奎元的眼眶落下，他努力想掙脫卻掙脫不了。

他想射精，想要高潮。口水不停流下，臉上滿是淚水，努力想叫花英幫幫他的表情既可憐又討喜。可是他什麼也做不了，只能承受著痛苦。奎元不曉得這一切何時會結束，那份恐懼讓他更死命地掙扎。

其實花英聽說過，有五六個臣服者可以含入這根假陽具，但有一半的人會在過程中肛門破裂，剩下的人中，有兩人被迫玩水上運動來結束那場遊戲。為了離開那張椅子，他們都哭喊著說願意做更可怕的事情。

花英記得很清楚，其中一位臣服者他也認識。那是一位非常愛乾淨的人，不知為何遇到了不對的支配者，哭喊求饒。

「尿也好，大便也好，我什麼都吃。拜託您關掉這個！」

他不停哭喊求饒，最後玩了水上運動才結束那場遊戲。

花英還以為那位臣服者不會再跟那位支配者玩遊戲了，但是那位臣服者迷上了完美控制自己的支配者，成了他的奴隸。

啊，這麼說來，那位支配者就是姜勇佑。那是姜勇佑的空中遊戲，大獲好評。

看到奎元哭喊的模樣，花英的腰開始發疼。他掏出性器，在被束縛住的奎元面前撫摸鼓脹到極限的性器，這讓奎元的視覺也受到折磨，哭個不停。

花英看著奎元像小孩一樣哭個不停，最後射到奎元的臉上，而奎元還是不停地哭。

他心想，不如讓他暈過去。這是一臺受到詛咒的機器，就連震動的聲音都像詛咒。他的性器被緊緊束縛住，無法射精；按摩棒不停運作，像在挖鑿塗抹了潤滑液的內壁。機器旋轉著退出去，只留下龜頭，接著又完全頂進去。奎元想射精卻沒辦法，而這臺機器當然不會停下來，只有花英按下按鈕才能結束這一切。

花英已經高潮了，可是奎元任何事都做不到。

『給我刻進骨子裡。』像幻覺一般，奎元聽見了花英的聲音。

『你不可以跟我以外的支配者見面。』

後穴一直被挖鑿，他甚至多了一個願望，希望自己可以大喊出聲。

拜託您，幫幫我，拜託！

這時，花英拿著鞭子走過來，打上奎元的胸口。

換作平時，這樣挨打可以稍微緩解快感，現在卻直接變成快感。不小心碰到戴著乳釘的左邊乳頭時，奎元也只是哭到開始抽噎。視線變得朦朧，身體開始發燙，完全無法思考。

鞭子落在哪裡？是哪個地方感受到震動？身體被什麼拘束著？就在奎元完全無法思考，快要昏過去之前，花英抓準時機，按停了機器。

奎元用朦朧的目光看向花英。他的臉上滿是汗水、淚水、口水跟精液，狼狽不堪。花英撫過奎元被汗水浸溼的頭髮時，奎元的身子顫了一下。

光是這一個舉動，對奎元來說也是種強烈的刺激。

花英一拿掉奎元嘴裡的口球，奎元就用疲憊的聲音哀求他。

「花英啊……」

這個安全詞果然得換掉。

「我錯了……我真的錯了。以後除了你，我不會跟其他支配者說半句話……」

奎元繼續哭著。恐懼勝過了想高潮的欲望，如果花英又要求他坐，奎元想必也只能坐上來，因此奎元拚命地哀求。雖然失去花英比叫他坐上這張椅子可怕許多，但是這張椅子帶來的痛苦超乎他的想像。

奎元像孩子一樣一直哭。花英將臉湊近時，奎元突然吻上他的臉，並不斷低喃道：「我錯了，花英啊，我錯了。原諒我，原諒我。」

花英靜靜聽著這甜美的哀求，將手繞到後面，解開奎元的雙手。一鬆開，奎元就連忙緊緊抱著花英的腰大哭。全身上下都是凶器的男人大張著雙腿，性器依舊被延遲射精套套著，緊抱著花英哭。

看到奎元不斷哀求著原諒他，比起無法射精的性器，更想緊抱住自己的模樣，花英既開心又哀傷，一把抱住奎元的頭。

花英會對奎元玩這麼殘忍的遊戲，或許是因為他心裡還是很不安。因為對花英來說，奎元確實是他的理想型，可是奎元不一樣，他最近突然覺得，也許只要是虐待狂，不論支配者是誰，奎元都無所謂。

兩人越來越忙，玩遊戲的次數減少說不定也有影響。因為花英是虐待狂，這段關係才得以開始。站在花英的立場也一樣，如果奎元不是受虐狂，就算是他的理想型，花英也不會碰他。但是，現在花英愛著的不是受虐狂的奎元，是單純名叫金奎元的男人，而他希望奎元也是如此。

花英啊，我錯了。奎元不停哀求的話語一直敲上花英的耳膜。

花英聽著他的話，親吻他的額頭。

「你不會再犯了吧？」

聽見花英的話，奎元啜泣著點頭。

「漂亮的臉蛋都哭得亂七八糟了。」花英一邊說著，一邊溫柔地撫摸奎元的臉，「別哭了。」

花英這麼說完，雖然奎元拚命地想停下眼淚，但他做不到。他到底被那臺機器困住了多久？簡直像在地獄一樣。他曾經歷過許多苦難，卻從未見過這樣的地獄，這比任何一種拷問還可怕。快感的地獄比痛苦的地獄更可怕。奎元一直抱著花英的腰，哭著低喃自己做錯了。

花英一手抱著奎元的頭，另一手解開奎元的雙腿，最後解開了束縛住奎元性器的延遲射精套。

那一刻，奎元抬起腰，達到遲來的高潮。

他的腰往半空中一挺，射出精液。奎元到達痛苦跟快感的顛峰後，癱坐在椅子上，昏了過去。

‡

花英把奎元放到床上，沾溼毛巾後細心地擦拭奎元的身體，並替他上藥。

雖然他裝出冷靜的樣子折磨奎元，但早就跟著興奮起來了。世界上有哪個支配者看到臣服者全身受到束縛、掙扎的樣子，還能無動於衷？多虧於此，事情進行得比他預期的還要順利。

仔細地往奎元臀部上的痕跡塗抹著藥膏，花英罕見地針對遊戲，開始自我反省。

這是遇到奎元之後的第二次，也是他成為ＳＭ玩家後的第五次自我反省。

花英確定奎元的狀態比起昏厥，更像是睡著後，將他的身體翻回正面，將他的一隻手上銬並舉起，銬在床頭裝飾用的床柱上，之後替他處理胸口的傷，連因為含著桌球大小的口球而撕裂的嘴角也塗上藥膏。接著，花英又檢查了一遍奎元的全身上下，然後離開房間。

一踏入大廳，亂交遊戲便映入眼簾。

「你的臣服者怎麼了？」

被脖子上掛著白板，寫著「男妓」兩字的臣服者一前一後像舔冰淇淋一樣舔舐著，沉浸在酥軟歡愉中的姜勇佑睜開細長的雙眼問道。

花英剛坐上勇佑前面的空椅子，員工就端著放有各種酒類和茶點的托盤過來。

從托盤上拿了一份茶點放在矮桌上後，花英端起酒杯問：「香檳嗎？」

員工點點頭，花英就拿走那杯酒說：「幫我叫你們經理過來。」

員工再次點頭點後離開了。

「我問你的臣服者怎麼了？」

聽見姜勇佑的問題，花英嚼著餅乾回答：「睡了。」

「睡了？你們已經玩完了？」

由於耗費了太多體力，花英繼續吃著餅乾，不耐煩地點點頭。

「還真是速戰速決啊。」

雖然姜勇佑像在開玩笑，但他的話裡也帶著諷刺。

但花英彷彿連回應都覺得麻煩，只是一直吃著餅乾。一看見經理從遠處走來，花英就伸舌把嘴唇上沾到的餅乾碎屑舔去。

「花英大人，好久不見了。」

「好久不見，經理。」

花英接受經理的問候，同時伸出手。經理露出微妙的笑容愣住，花英則低喃道；

「監控錄影畫面。」

經理低聲問：「可以另外寄給您嗎……？」

聞言，花英噗哧一笑。

不曉得經理將花英的笑解讀為什麼意思，經理努力強調：「現在這裡沒有跟蹤狂了，您可以相信我們。」

這句話讓花英燦爛一笑。那是嗤笑。

「您要我……」花英用手掌一抹嘴脣，吊兒郎當地問：「相信你們不會把奎元哥坐在電椅上的畫面流出去？請您說點像樣的話，我們彼此之間知根知底的，何必玩這套？」

「我的天啊！你讓金奎元坐了電椅？」

一道驚呼聲從意料之外的地方傳來，花英轉動視線看去，具成俊就站在那裡。

看見成俊臉色鐵青的樣子，花英心想著「真是荒唐」，又往嘴裡塞了一塊餅乾。

成俊動作粗暴地拋下臣服者不管，急躁地大步走來時，經理臉上的笑容凝固。

不管是哪間店，大家都看準了聖誕節，地牢更是尤為重視，因為大部分的會員都會在十二月底到一月的第二個星期購買年度會員券。

可是受歡迎的兩位支配者就要打起來了，經理只能憂心忡忡地戒備著。

「對。」

花英隨口回答後喝了一口香檳。他餓死了，奎元哥如果醒了，應該也很餓。他們離開後要去吃什麼呢？

反正花英的目的有兩個，來炫耀他跟奴隸並非成為戀人，而是締結了愉虐關係。他要哄哄那些跟蹤狂，然後懲罰奎元。

其實，他曾想過要趁奎元睡覺時，假裝跟其他臣服者玩了簡單的遊戲，像是打屁股，也能預防又有新的跟蹤狂，但是他剛剛跟奎元玩得太盡興了，又沒有想勾引的臣服者，所以只吃著東西。

「金奎元的狀態怎麼樣？喂，還不叫救護車……」

「你這是在幹嘛？」

正在臣服者性器上打洞的基煥一臉傻眼地回過頭，看著具成俊，成俊這時才環顧一圈。

姜勇佑、李基煥都一臉傻眼，他自己的臣服者們則因為太過慌張，只眨了眨眼睛。反倒是應該感到驚慌的花英只泰然自若地吃著餅乾。

「那個，如果兩位有事要談，我幫兩位準備一間房間……」

「我們談完了，不用幫我們開包廂。監控錄影畫面。」

花英笑得一臉燦爛，把手伸出來。經理本來還想用電椅的監控錄影畫面招攬更多會員，因此一臉狼狽地低下頭。

大家都知道他們有販售監控錄影畫面，只是都裝作不知道。能被拿出來賣，反而是一件光榮的事，因為這代表那場遊戲擁有那種價值。尤其是花英的影片頗受好評，沒有人可以像花英一樣，把遊戲玩得這麼安全。花英熟知不會對身體造成負擔，又可以羞辱對方的方法。

這樣的花英，第一次讓臣服者坐上電椅。看到監控畫面的那一刻，監控室的員工們都吞了一口口水。花英讓臣服者毫髮無傷地坐上電椅已經很少見了，超過十分鐘的情況更罕見，要說奎元可以坐在電椅上超過十分鐘，都是多虧了花英巧妙的鞭打也不為過。

唉，這本來可以當成支配技巧影片販售的，真是浪費，但是本人都那麼堅持要他交出來了，他也只能照做。

「請您稍待片刻。」

經理面帶笑容地轉身離開。

經理離開後，因為花英跟成俊對峙的氣氛，員工偷偷兩人在身後徘徊，為了在發生問題時盡快將他們分開。

成俊固執地站在花英面前，花英則噗哧一笑。

「幹嘛？有話就說。不過，坐下來說，看得我脖子好痠。」

成俊有很多話想說。許多支配者都想讓自己的臣服者坐上電椅，因為有一段時間流行讓臣服者坐在電椅上，彰顯出支配者的能力，而體驗那張椅子也被當作臣服者的一項能力，所以那張電椅曾不停搬到各個房間裡。

但是，很少人能好好地坐在那張椅子上。首先，椅子上的按摩棒尺寸太大了，有很多臣服者拒絕坐上去，也有支配者反而比臣服者更害怕那張椅子。因為好勝心，秉著「其他臣服者都這麼做過……」的想法，所以無條件坐上去的三名臣服者都見血了，而這三人中的兩個人，甚至遊戲一結束就甩了支配者，以表達自己的憤怒。

事實上，只有一個人讓那張電椅完全發揮了功用，那就是姜勇佑的臣服者。但成了姜勇佑奴隸的那名臣服者身經百戰，甚至謠傳是可以塞進兩個拳頭拳交的男人。

成俊的腦袋瘋狂運轉，心跳聲就在耳邊跟腦袋裡迴盪。

他首先想到的是奎元的情況怎麼樣？第二個想法是，奎元會不會繼續留在花英身邊？如果奎元自由了……到時不管用什麼手段，他都要把奎元變成自己的奴隸。

花英雖然頂著一張如花朵般美麗的臉龐，露出完美的笑容，舉止彬彬有禮，可是他有十分冷酷的一面。奎元坐上了電椅，就意味著他看到了花英最陰暗的一面，這是個好機會嗎？成俊站在花英面前，如此苦思。

這時，不知道何時回來的經理交出了監控錄影帶。花英將東西丟給成俊，正在沉思的成俊反射性地接下錄影帶。

「你好像很好奇我是怎麼讓哥坐到電椅上的。」

花英雖然笑著說道，心裡卻覺得自己做錯了，他得先告知臣服者才對。

花英若無其事地笑著說：「禮物，隨便你看不看。」然後站起身。

成俊跟轉過身的花英四目相對。當他對花英冷酷的目光回以微笑的時候，花英已經完全轉過身了。花英在警告他。

然後成俊露出微笑，是帶點挑釁，很有成俊風格的微笑。

他該不會是認真的吧？花英帶著不祥的預感回到房間。如果具成俊真心要跟他為敵，應該會非常難纏。

花英打開門走進房間時，與睜開眼的奎元對上目光。

「哥？」

奎元閉上眼。正當花英因為奎元明顯放下心來的態度露出笑容，走過去時，奎元用自由的那隻手抱住花英的腰。

「我睜開眼時，你不在……」

奎元的嗓子非常沙啞，不過這也難怪，他哭得那麼慘。花英溫柔地抱住奎元，而奎元用臉在花英的肚子上蹭了蹭。

花英問：「我不在……然後呢？」

奎元輕聲回答：

「我很害怕。」

「怕我把你銬著，自己走了？」

花英笑著替奎元解開手銬。他之所以會把奎元銬起來，只是不想讓他變成其他人圍觀談論的對象，沒有別的目的。不過，被人用那種方式綑綁禁錮，的確會有很嚴重的後遺症。當自己的所有行動都受到禁錮時，那股恐懼是非常可怕的，甚至有些臣服者光是聽到禁錮，就會嚇得渾身發抖。

「不是。」

奎元一獲得自由，就抱緊花英的腰。

看到奎元胸口的傷口，花英認為得再上一次藥，因此想拉開奎元，奎元卻不肯放手。

他緊緊抱著花英，調整了一下呼吸後對花英坦白：

「我怕……你或許不要我了。」

「胡說什麼。」

雖然花英馬上笑著否認，奎元還是不肯鬆手。

花英看見奎元的肩膀在微微顫抖，就抱住他的頭，小心翼翼地坐到床上。他感覺到奎元慢慢鬆開手臂，滑過腰、胸部來到肩膀。

花英一坐好，就一把抱住奎元。

他覺得個性害羞，卻很有男子氣概的奎元會哭成那樣很神奇。雖然常有人坐在電椅上，因為無法忍受痛苦而哭出來，可是他不曾見過有人結束之後大哭的，因為遊戲結束後，更常發生臣服者對支配者拳打腳踢的情況。

感覺到奎元的淚水浸溼了肩膀，花英溫柔地喊了一聲：「奎元哥……」

「我……」奎元用沙啞的聲音道，「我沒想到我會……這麼愛您。我雖然內心認為……只要您想要，要我做任何事情都可以……但我沒想到會有這種東西。我現在……」

花英用力抱緊奎元。奎元被一個比自己嬌小、纖細、柔軟的身體抱在懷裡，用低沉哽咽的聲音坦白道：

「我現在……才發現，我只能接受您。也許我……一直以來都在等您。雖然過去這段時間我沒有意識到這點……」

花英緊緊抱著奎元，一直很想問一件事。他猶豫片刻後開口道：

「假如我發生了什麼事，沒辦法玩遊戲的話……」

奎元在花英問完問題之前就說出回答。

「對我來說，您單純就是花英先生，跟遊戲無關……我想要的真的只有您。」

奎元的眼淚仍不停濡溼花英的肩膀。花英一直很想聽到這句話，他會感到不安，因嫉妒瘋狂失控，然後逼迫奎元，就是想聽到這樣的話。

這句話沒什麼大不了，卻讓花英莫名流下眼淚，緊緊抱著奎元。

奎元吐出炙熱的告白：「我愛你，花英。」然後壓抑著聲音哭了。

而花英抱著哭泣的奎元，抱了很久很久。

尾聲

——我為什麼會那樣？

奎元聽著經理報告昨晚包場一天的事，卻只想把鼻子塞進盤子裡去死。他想暫時忘掉那張駭人的電椅……但就是揮之不去。

那真的很可怕。無法大喊出聲，全身受到禁錮時感受到的快感只是痛苦，可怕又令人毛骨悚然。更狠毒的是，他只能在張開雙腿的狀態下，被迫承受一切。

但是，隨後卻湧上一股奇怪的情感。花英停下來的那一刻，奎元豁然醒悟——他是花英的奴隸。

那份痛苦非常駭人，要是其他人對他做這種事，他搞不好會殺了對方，可是花英停手的時候，奎元只覺得感激，他十分感激花英願意停手。

當花英因為他跟其他支配者見面而氣昏頭時，奎元已經依據本能，向他道歉求饒了。如果花英拋棄了他，他搞不好會死，奎元甚至覺得與其被花英拋棄，不如殺了花英。

他不停向深情的花英保證，道歉哀求了幾十次後昏了過去。當他睜開眼睛時，花英不見了，只有冷冰冰的手銬銬著他。

他用茫然的腦袋思考，他該撬開手銬，去找花英嗎？

花英不要他了嗎？

現在回想起來，那極端的思考十分讓人傻眼，但是當時他是真心那麼想的，危機感讓他沒有辦法思考。就在奎元做出就算砍斷手腕也得離開這裡的荒謬結論時，花英回來了。

剎那間的安心感不知道該怎麼形容。宛如喜悅的悲傷、心如死灰的救贖、在危急之際遇見同伴時的感動，都不及當下的感動。因為他曾寧可死去，但只是想像花英不在，就令他害怕。

當時花英不是走進了房間，而是走進了他的心裡。

啊啊，原來我這麼愛你。奎元哭著承認這件事。因為他非常愛花英，因為他的主人對他而言非常珍貴，如果沒有他的主人，他既沒辦法活，也沒辦法死。

「社長？」

經理不曉得喊了幾次。當奎元轉過頭，經理一如往常用害怕的表情問：「您、您沒事吧？」

奎元一回答「我沒事」，經理馬上就把前一天的銷售報告交上去。奎元本來預期不會超過一億韓元，但意外地有很多那位千金的朋友來，一夜的銷售額是兩億韓元。這麼一來，這個月確定可以轉虧為盈了，真是瞎貓碰到死耗子。即使這樣也無所謂，重要的是結果，而非手段。

那晚，奎元跟尹驥英約好要見面。

「還不錯嘛。」

尹驥英一看到報告，就吹了一聲口哨。拐走他家花英的男人看來意外地有能力，不到兩個月就讓因為慢性負債而苟延殘喘的夜店轉虧為盈。當然，目前只有這個月有盈餘，要長期獲得利潤、走上軌道需要很長一段時間。

根據他聽到的消息，金奎元似乎真的是個很有才能的人才。夜店的客人變多了，評價也變好了。

「百分之三十，上繳這些就可以了，剩下的隨便你，看你要怎麼處理。」

尹驥英站起身時，奎元抓住他。

「您說……百分之三十嗎？」

聞言，尹驥英輕笑一聲。

「在我的地盤（幫派保護費歸他的區域）連這點覺悟都沒有？」

奎元覺得自己有聽沒有懂。他要自己轉虧為盈，他做到了，那他們之間的這件事不就結束了嗎？

「別讓花英吃苦。」

聽見這句話，奎元終於懂了。雖然聽懂了，卻不能接受。

可是當奎元想要說點什麼時，尹驥英已經離開了。最後，苦惱的奎元只好把這件事情告訴花英。夜店Fake並非歸屬於奎元，依舊屬於尹幫，奎元只是暫管而已。但在他暫管的期間，除了百分之三十的營收，其他利潤都是奎元的，這可是一筆非常可觀的金額，他得還回去。

奎元去跟花英商量該怎麼把這筆錢還回去，花英卻像在搔貓咪一樣，愛撫著奎元的脖子，然後低聲說：

「看來最近得讓你再坐一次電椅。」

聞言，奎元瞪大了眼，表情問著「為什麼……？」。

跟花英交往後只感受過快感的奎元，了解到了什麼是劇烈的痛苦。雖然對奎元來說，最可怕的事是失去花英，但第二害怕的肯定是電椅。

他真的非常害怕那張椅子。如果奎元真的是一隻貓，大概已經炸毛了。

奎元全身都緊張起來，抬頭看向花英。

「你如果還有事情瞞著我，最好快點交代清楚，不然以後被我發現了，我一定會更嚴厲地懲罰你。」

花英這麼說著，開始折磨奎元，他用棍棒打上奎元夾著浣腸劑的臀部。

每次挨打，奎元握成拳的雙手就會貼在地上，拱起背呻吟。痛歸痛，但不只如此。

奎元的性器堅挺地立著。

「電……電椅……」

奎元臉色蒼白地爬到花英腳邊，用臉頰磨蹭花英的腳背，十分拚命。

實際上，支配者經常會將臣服者恐懼的事當作祕密手段，這樣遊戲才能順利。反正遊戲就像接吻，如果臣服者非要起身對抗，那只會演變成一場鬥爭。可是一旦下定決心要玩遊戲，那遊戲的領導者就只能是支配者，在遊戲過程中，支配者就會像微服出巡的欽差大臣一樣，準備好一兩個威脅手段。

「請您不要……讓我坐電椅……」

奎元一臉認真地用臉磨蹭。

就在上星期，上星期的聖誕節，奎元被禁錮在那張椅子上哭泣。即使時間流逝，那件事仍讓他留下比實際經歷更駭人的記憶。

奎元拚命地哭求，花英就笑嘻嘻地抬起他的下巴。而奎元乖乖地照做。

「你還有什麼事情瞞著我？」

奎元搖搖頭，他沒有事情瞞著花英，而且他一開始就不打算瞞著他。那他為什麼不告訴花英呢？因為要是花英問起，他應該會從頭到尾、鉅細靡遺地全部告訴他。

花英威脅他，要他仔細想想。

「你仔細想一下，咪咪。像你這隻身體淫蕩的貓咪，能在電椅上撐多久？還有……上次我只開到第一段，下次我會再往上提升喔。」

聞言，奎元渾身顫抖地說他真的沒有事情瞞著他。
恐懼化為快感襲向奎元。雖然如果真的坐上電椅，他應該會很害怕，但威嚇帶來的恐懼不是痛苦，反倒澈底變成快感，動搖著奎元。
「知道了嗎？」
花英不停舔著奎元的耳朵問道。
奎元「咿！」地倒抽一口氣，臉頰在花英的腳背上磨蹭，然後親吻他的腳趾。
看到奎元迫切的撒嬌，花英傲慢地說：「我饒了你。」然後用力一把拉起奎元。
花英在前幾天買來的皮革項鍊上掛上漂亮的繩索，一拉，奎元就開始在地上爬。停留在體內許久的液體本來就感覺隨時都會噴出來，奎元不得不停下手腳好幾次，跪在原地，使勁夾緊臀部並縮緊小小的穴口，又不斷發抖。
聽到花英說「貓咪不會用馬桶」，奎元逼不得已地在浴室的地板上排泄。奎元依舊害羞，就算趴在浴室地上，也忍了好一陣子。
他感到很難為情。如果花英允許，他很想把自己的耳朵摀起來，但別說摀耳朵了，花英連視線都不允許他迴避。奎元只能承受著花英的目光，哽咽地請求他：
「請您允許我排泄。」
花英搖搖頭，奎元又哀求道：「拜託……花英先生……呼、啊啊！……」

在奎元不停哀求後，花英點點頭，並恐嚇道：「你如果別開視線，我就再灌一毫升。」

最後，奎元無法從花英身上別開目光，在浴室的地上排泄，然後在花英的面前清理地板，把蓮蓬頭的軟管塞進肛門裡抽出來。

聖誕節過後，花英的遊戲強度提高了，打屁股的次數也增加了。在聖誕節之前，用手打屁股打到一百下已經是最高的強度了，但現在那點程度根本不算什麼。

花英最近都用棍棒打他，他在家裡的每個地方挨打。床上、廁所、浴室、貼在牆上、抱著馬桶水箱、蹲在餐桌上，但從奎元嘴裡流洩而出的不是痛苦至極的慘叫，而是奇妙的呻吟。

花英還說過挨打時扭著腰的奎元很淫蕩，並插入了按摩棒。按摩棒一插入體內，奎元的腰就扭得更厲害，花英則將按摩棒塞得更深入，大喊著「真淫蕩」。

「咪咪的屁股特別騷，真是一個下流的屁股……變得這麼溼。」

花英一邊這麼說，一邊在奎元挨打的傷口上豎起指甲刮過。

「呼啊！啊啊啊啊！花英……先生！」

奎元開始掙扎，他在痛苦與快感之間擺盪，開始神智不清。

花英低聲道：

「已經開始收縮了啊。也對，這邊是咪咪的性器，這也是正常的。」

你的性器不在前面——花英總是如此低喃。你的性器在後面，可以接納我的那個地方才是你的性器。你雖然是雄性，卻也是專屬我的雌性。每當花英咬牙切齒地這麼說，奎元就會被那奇妙的瘋狂薰染，他會顫著背脊，等待甜美的虐待。

片刻後，花英插入奎元的體內時，奎元的腰微微顫抖。

奎元迎入期待已久的東西，依照花英的調教，用力縮緊後穴後，花英不滿地說：

「太……唔！夾太緊了……而且好燙……」

這句話讓奎元更加興奮，發出呻吟。

「呼！啊啊啊啊……要怎麼、怎麼做……才……嗯……唔唔！」

奎元抬眼看向花英。雖然他的臉頰貼在地上，屁股高高翹起並趴著，擺出後入式體位，但他要對上花英的目光並不難，因為花英最近新買的鏡子就在他眼前。

花英要讓他看看自己是什麼樣子而買來的那面全身鏡，清楚地映出含著花英性器的自己。

花英像要刻意展示一般，腰部往後退，性器也抽出至龜頭，能完全看到花英的性器。

奎元用迷茫的目光渴望著鏡子裡的花英分身時，花英粗暴地頂入。

「哈啊啊啊啊！」

奎元高喊出夾雜著鼻音的呻吟。接著，花英用手指挖弄奎元的傷。

奎元哭了，他不停呻吟，哀求花英射精。

「呼！啊……啊嗯……花英先生……呼……嗯！嗯！呼啊……呼……我、我……我可以堵……呼！啊、啊啊啊！我可以、堵、呼啊！起來嗎？啊、啊啊……」

奎元斷斷續續地請求許可後，花英大力抽插到發出肉體碰撞的啪啪聲響，並羞辱他。

「你前面那個沒用的……呼！呼啊……東西依然……呼啊！依然這麼愛哭……啊！嘴巴也是，性器也是……後穴也是，真的很愛哭……呼！真……可愛……」

因為就快忍不住了，奎元緊咬著唇，等待花英下達許可。

不久後，花英說：「堵住吧。」

一得到允許，奎元連忙抓住自己的性器，但花英的動作更快。

花英粗魯地頂弄著，讓奎元舒服到恍神，連手都抬不起來。花英盡其所能地頂到最深處，之後熱液噴濺而出，奎元的深處受到刺激，還來不及好好堵住性器就射精了。

因為奎元達到了高潮，後穴的黏膜澈底絞緊花英的性器，使花英小聲地斥責道：「你這行為不檢點的……貓咪。」

‡

奎元睜開眼，花英正在他懷裡熟睡。奎元暫時將鼻子埋在花英的髮絲裡，享受著花英的體香，然後他舉起放在花英腰上的手，在床頭摸索。

確認過時間後，奎元關掉鬧鐘，抱著花英的身體又躺了一下，接著起身。

他輕輕抬起花英的頭，將他從自己的手臂移到枕頭上後，無聲地站起身。他打開昏暗的床頭燈，找到晚上脫下來的西裝，接著關掉燈開始移動。他的步伐與平常無異，卻沒有發出絲毫腳步聲。

奎元離開臥室，像在黑暗中也能看到路一般走著，之後打開燈走進廁所，關上門。

二月中旬，就快迎來春天了。他脫下運動上衣，戴著乳釘的乳頭展露出來。

花英有段時間對乳頭不太感興趣，但最近又開始折磨這裡，會用黃色夾子夾住乳頭。

花英有一套七彩的夾子，紫色夾子夾起來真的很痛，但光用黃色夾子就會讓奎元痛到流出一點眼淚，感覺就快射精了。

前幾天，花英只是搓揉奎元的乳頭，奎元就高潮了，連射精的他本人都難以置信。

奎元在上半身套上白襯衫，挽起袖子，扣上鈕子。他將衣領拉起，蓋住花英作為聖誕禮物送給他的項鍊，然後在領口繫上領帶，接著脫掉運動褲。黑色薄紗丁字褲後面只有一條繩子，底下沒有半根毛髮。

奎元每天早上都會除毛，不管是胯下還是腋下都會。他大概不管去哪裡，都再也無法露出身體了，要像以前一樣去當傭兵更是作夢都別想。

穿上西裝褲，打扮整齊的奎元連背心都穿好後，離開洗手間。

他關上燈，經過臥室，拿起掛在衣架上的外套穿上。一走出玄關，寒風掠過他的臉頰。
馬上就要到二月了，離春天還有一段時間，但對奎元來說，春天已經靠近了。

‡

「雖然……我知道你沒辦法跟女人在一起。」
過年連假，在家人久違相聚的場合上聽到父親顫抖的聲音，花英瞥了一眼震英跟驥英。
爸爸怎麼了？
別說回應花英的眼神了，兄弟倆反倒都像對父親有所同感，只是用鬱悶的表情看著花英。
花英在父親扭曲的表情，跟哥哥們沉痛的目光中放下筷子。飯吃得好好的，他不懂他們為什麼要這樣。我做錯了什麼嗎？
花英眨眨眼回想了一下，但他哪有做錯什麼事。因為他不常回老家嗎？但自己是同性戀這件事，對家人來說真的就跟犯了罪一樣。
花英緊閉著嘴，只看著家人的臉色。
「你也不一定非要那個男人不可吧？」
世界上有各式各樣的男人啊。看著父親這麼表示的目光，花英在慌張之餘誤吞了一口肉，不得不急忙拿水來喝。由於花英的所有喜好都是以廉價商品為主，時隔許久相聚的家人因此聚在一起吃五花肉，看見花英嗆到，馬上各自遞上水、酒和可樂。

花英接過父親遞來的水杯喝了一口，回答道：「抱歉，我不懂您現在想說什麼。」

「簡單來說，爸的意思就是你沒必要跟那個男人自立門戶，還會有什麼意思。」

大哥尹震英用十分不滿的語氣嘟囔。身旁的尹驥英姑且先觀察情況，又用眼神支持震英說的話。

花英看肉快烤焦了，就先夾起來塞進嘴裡，並喃喃自語：「自立門戶？」

「沒錯，自立門戶。聽說你跟那男人住在一起了，不然你們是那個什麼……難道是室友之類的？」

「不是，這……大哥說得是沒錯。對，我們那樣確實算是自立門戶，但……」

這意思是不是有點不一樣？花英歪了歪頭，又吃了一塊五花肉。

因為花英不想去餐館、不喜歡牛肉，又一直說想吃五花肉，所以帶孩子們來到這家店的父親，殷勤地把五花肉放到花英的盤子裡；尹驥英看到花英的飲料杯空了，就幫花英點飲料；若是花英吃完了醬蟹，尹驥英就會讓店員再送醬蟹過來，三人幾乎都在照顧花英。

「是啊，你這小子。你究竟哪裡不好，居然跟那種傢伙……！」

「大哥，講話注意點。」

花英吃到一半抬起眼，驥英就迅速往花英的杯子裡倒燒酒。

花英開心地笑著說：「啊，好久沒跟哥哥們還有爸爸一起吃肉喝酒了，真好。」

看到老么露出燦爛的笑容，嘴角含笑的三個男人立刻打起精神。在父親跟二弟鼓勵他繼續說下去的目光下，震英再次開口：

「總之，小子，這世上有很多男人，在條件不錯的傢伙中，一定也會有很多人跟你有相同的性取向啊。」

聽見震英的話，花英爽快地回答：「嗯，是滿多的。」

就如他不知羞恥的個性，花英一臉若無其事的樣子。

雖然對花英的那張表情感到火大，但震英實在無法在嘴上贏過自家么弟，他要罵這個么弟什麼？要怪他更愛對方嗎？

驥英鬱悶地接著說：「我們是要你在那些人裡面挑一個！」

「為什麼？」

聞言，三個男人頓時說不出話來。花英露出「真的不懂」的表情。

事實上，他也確實不懂。奎元哥怎麼了？要遇到理想型也沒那麼容易啊。他長得好看、身材也好、性方面很契合、能力好、個性好，還想要怎樣？

看到花英不停把肉放進嘴裡嚼的模樣，震英鬱悶死了。

「你知道那傢伙是什麼樣的人嗎？他可是比我手下的弟兄還凶狠的傢伙。你以為那傢伙得到的勳章是很輕易就能得到的嗎？你知道那段時間裡，他做過什麼事情嗎？萬一那傢伙以後打你，你要怎麼辦？嗯？就算他現在喜歡你，萬一以後他折磨你、毆打你，你要怎麼辦！」

聽到這段與其說是對弟弟，更像是說給妹妹聽的忠告，花英傻眼至極。他的家人不是最了解他了嗎？因為花英只要生氣就絕對會動手揮拳，所以震英才操碎了心，甚至怕花英殺了跟蹤狂，才用保鑣當藉口，派人監視他啊。

「大哥，你覺得我看起來像會挨打的人嗎？」

花英這麼說的前提是「不論對象」，但聽在震英耳裡，就像是「你覺得我看起來像會被那傢伙打的人嗎？」。

震英大喊：「那傢伙要是下定決心要打死你，只要一秒就解決了，你這臭小子！」

因為音量太大，尹秀鋏咳了一聲，放下筷子。尹驥英悄悄對大哥使了眼色。

「世上有那麼多混蛋會打自己的老婆，那些都是一肩擔起家中經濟的男人，不覺得很可笑嗎？我們可不是為了讓你賺錢養家、為他做飯、和那種像小白臉的傢伙交往，才認同你的性向的！」

尹秀鋏大聲喝斥：「吵死了！你當這裡是哪裡，大聲什麼！」

震英立刻低下頭。不過，花英從大聲嚷嚷的震英眼中看到了委屈，也從他父親、二哥眼裡看到了相同的情緒，傻眼又有氣無力地說：

「真是的，我不曉得該從哪邊開始跟你們解釋。」

打人的是花英，他昨天還用棍棒打奎元的屁股，打到紅彤彤的。最近奎元的屁股變得更煽情了，打超過三十下的時候，就會像做愛一樣淫蕩地扭動。與他高大的身高及完美的身材旗鼓相當的腰肢扭動起來，模樣妖豔無比。他會用像貓咪一樣的高亢聲音哭泣，不停喵喵叫著，呼喊花英。

暫時陷入幻想中的花英眨眨眼，回到現實。

「首先呢，管他是不是小白臉，家裡是我做主。」

不管怎麼想，奎元都是妻子。房事也好，日常生活也好，雖然同性情侶之間計較這種事情有點可笑，但不管怎麼說，不論套用哪套標準，奎元都是妻子。

反而自己才是吃軟飯的那一個，花英心想。奎元不僅會做家事，還會工作賺錢，他則完全不做家事，也不曾給過生活費，都是奎元負擔家裡的所有開銷。

花英突然發現，他會吃奎元為他做的飯，跟奎元一起生活，卻從來沒操心過管理費或稅金之類的事，因為他從沒看過帳單。為什麼會沒看過帳單？因為奎元一看到就會繳清。

是我被奎元哥包養了吧？花英忽然頓悟了。

「哥哥們，我不會煮飯，你們明明知道啊。爸，您不也知道嗎？我連泡麵都不會煮。」

他跟奎元一起生活很長一段時間了，卻發現到自己這段時間以來一毛錢都沒有出過、被奎元包養的事實，花英不禁開始自我懷疑。

他怎麼就沒想到呢？就算他跟奎元說，他要幫忙負擔這段時間以來一半的生活費，奎元想必也會拒絕。啊，怎麼辦？花英鬱悶起來，夾起肉塞進嘴裡。我都是個成年人了，怎麼會連這些都沒想到？

其實這是奎元的錯，因為奎元完全沒顯露於色，所以花英根本沒發現自己讓奎元獨自負擔了經濟壓力。總之，奎元哥就是太善良了。

花英的話讓三個男人像遭到空襲的廢墟一樣，傻愣在那裡。看到花英替父親斟酒，花英的兩位哥哥就僵硬地舉起酒杯，等花英替他們倒酒。

把三人的酒杯倒滿後，花英燦爛地笑著說：「請為我乾杯。」

三個男人跟花英碰杯後，喝光了酒，像聽從傀儡師命令的傀儡一樣失魂落魄。片刻後，他們突然意識到自己剛才為了什麼而乾杯，十分懊悔，一切卻已是覆水難收。

Interlude.

面具 Mask

尹驥英抵達花英就讀的高中時——也是他的母校——是下午一點多。他背對著吃完午餐後氣氛懶散的操場，從賓士上下來時，一副泰然自若的模樣。不過五分鐘後，在他見到花英的那一刻，表情變得冷酷無情。

「老師。」

驥英對這位沒擔任過自己的班導師，但曾是隔壁班班導師的老師喚了一聲，老師也有點難堪地咬著嘴脣。

驥英說不出話來，視線沒辦法從花英身上挪開。在他下鄉巡視，為工作忙碌奔波的這段期間，他的弟弟到底經歷了什麼事？

「花英啊。」

驥英忍著想立刻砸爛保健室的衝動，乾吞了一口口水，蹲下來與半年未見的弟弟對視。

花英的視線慢慢移動，像上了發條一樣緩慢運作，與二哥視線相對的他只用嘴型問了一句「幹嘛？」，然後閉上眼。

疲憊的表情讓驥英慌了。弟弟是高三生，是考生，驥英認為花英是為了讀書才會這麼疲憊，想到父親跟大哥就氣得咬牙。花英從小被人稱為神童，長期活在壓力中，看來他也相當辛苦。

這麼想的驥英又馬上搖了搖頭。花英會是那麼脆弱的人，因為周遭給予的期待讓他壓力太大而做出這種事情嗎？不，他的弟弟比任何人都優秀，比任何人都了不起。

到底發生了什麼事？

驥英十分慌張。首先，只能先撇除校園霸凌。學校老師都知道花英的家庭背景，而且花英自己從小都有在鍛鍊身體，最重要的是，花英不可能成為同學憎恨的對象。他為人謙遜，對每個人都很尊重。

那他是跟誰發生了什麼衝突？兄弟之中，唯一一個長得跟母親相似的美麗臉龐，此時正臉色蒼白，疲憊不堪地閉著眼睛。

驥英從沒見過花英疲憊的模樣，完全不懂花英為什麼會變成這個樣子。他對擔憂地守著花英的老師使了個眼色，示意去走廊，然後用若無其事的聲音對閉著眼睛的花英說：

「哥出去一下，花英，你待在這裡。」

總是溫柔地看著哥哥，看到他們就很高興的花英連頭都不點。

雖然驥英不想丟下這樣的花英到外面，但他必須先聽一下事情的經過。驥英邁開腳步後，花英的導師也跟著他走。

走到走廊盡頭，驥英聽完花英導師說的話後，咬牙切齒地問：

「您在跟我開玩笑吧，老師？」

但是花英的導師冷靜地搖搖頭。驥英的臉色變得陰沉無比，比被跟著自己兩年的手下用刀刺上側腹還陰暗，眼前一片漆黑。

「您說……是花英他無緣無故攻擊同學？應該有個理由吧？」

「我問過了。」

年近五十的女老師也露出泫然欲泣的表情。花英是她很看重的學生，而且離大考不遠了，花英是學校最寄予厚望的學生。她接下花英高三班導師一職時，校長還特地把她叫過去，再三叮囑：「雖然我們學校已經三年都沒有學生考上首爾大學了，但尹花英一定可以考上。」

結果被寄予厚望的全校第一名在初秋的時候就闖禍，惹出了麻煩。

「他不肯說。」

「會不會是那孩子被人欺負了……」

有些孩子在家裡表現得很好，出門在外卻無法好好保護自己。驥英說出這個假設，老師聽完後迅速搖頭。

「他朋友很多，總是很開朗，很喜歡運動也擅長運動。」

「您都這麼說了，那到底為什麼會這樣？」

「這個我也不清楚。」

就像中了邪。老師茫然地說。

時隔許久見到弟弟的期待瞬間煙消霧散，驥英像胸口被堵住一般難受，甚至喘不過氣。他沒想過變成這樣的不是別人，而是花英。

他自豪的弟弟一副頹廢的模樣。驥英覺得自己稍有不慎就會在弟弟面前哭成醜八怪，而且花英本來就很辛苦了，他怕自己會一把抓起花英的衣領搖晃他，甚至打他。

再次踏入保健室之前，驥英深呼吸了幾次。

「花英啊。」

當驥英好不容易再次站在花英面前，喊他的名字時，花英不耐煩似的瞇起眼。

「我們回家吧。」

聽見驥英的話，花英這才站起身。

‡

換上冬季制服那週的星期三，尹花英在午餐時間也不吃飯，只是一直盯著黑板。同學們覺得花英那天看起來特別憂鬱，朋友都來約他一起去福利社買東西，或是要分他便當吃，但花英都拒絕了，獨自靜靜坐著。

平時跟花英很要好的同學看他只盯著一個地方許久，就上前跟他搭話。

「花英，別像個自閉兒，一起去打籃球吧。」

那一刻，花英瞪了他一眼，然後突然踹飛書桌，撲了上去。他把桌子壓在被撲倒的同學身上，從上面往下壓。那副模樣彷彿是假象，教室裡的人頓時都嚇到了。

「不可以！」

有人這樣大喊，也有人不說話就撲向花英，因為再這樣下去會出人命。

當時，花英雙手緊握著拳頭，同學們拚命抓著花英，把他拉開，而花英一被同學們抓住就倒在同學的懷裡，一動也不動，就像個人偶。

……這是花英同學們提供的證詞。

看見花英這副德性的尹秀鋏傻眼到一句話也說不出來，而聽到這件事就從釜山搭飛機，一如字面飛奔回來的尹震英雙手抓著花英的肩膀，大吼道：

「你為什麼要這麼做！發生了什麼事！你說話啊！」

但是不管震英怎麼問，花英就是不開口。他不發一語，也不願意正眼看著對方。

慌張到說不出話的父親推開發火的震英，驥英則先把花英送回房間。

總是負責炒熱家裡氣氛的花英一離開，家庭會議就變得十分沉重。不敢相信花英會做出這種事情的父親，不斷重複說著：「當他老師的女人說她什麼也不知道？完全不知道嗎！」

震英則威脅驥英說：「你馬上把花英給我拖過來，這臭小子死不開口是在搞什麼！」

但是當驥英說完事情的經過，他們只能同時閉上嘴。此刻，這個家裡唯一一位大學畢業的尹驥英問：「花英他，還能開口說話吧？」

他泰然自若地承受著兩道駭人的目光，又補了句：「搞不好得了失語症。」

「花英他……」尹秀鋏咬緊牙關問：「花英他瘋了嗎？」

講出這句話後，尹秀鋏期望驥英會反駁他，但驥英沒有否認，反而直視著自己的父親。

從驥英的表情中看出有這個可能，尹秀鋏瞪視著地板。人家都說越乖巧的孩子叛逆起來會越可怕，而且一想到花英可能不是叛逆，而是瘋了，尹秀鋏就覺得心臟快停止了。

他沒有表現得太過激動，這得歸功於漫長歲月的洗禮。

而活過的時間遠遠不比父親久的長子震英，在父親面前抓住弟弟的衣領。

「你說花英瘋了？你想死嗎？」

像抹去了冷酷的殺氣，驥英推開震英，一臉煩躁沒好氣地說：

「我什麼時候那麼說了？我也快瘋了好嗎！」

被推開的震英倏地站起身，打算前往花英的房間。驥英看到他那副模樣，一臉厭煩地擋在他面前。

「滾開！」

即使震英大吼，驥英仍果斷地搖頭拒絕。

「我不滾。」

震英握起拳頭。喀喀——驥英的耳裡清楚地聽見震英咬牙的聲音。

「如果不想被我打死就滾開。」

「不行，就算被你打死我也不讓開。哥，你現在看起來就是想要大罵花英，但再這樣下去他真的有可能會瘋掉。我絕對不讓開。」

看著這樣的兄弟倆，尹秀鋏用低沉有力的聲音命令道：

「你們倆都坐下。」

震英跟驥英兩人像要殺死對方般瞪著彼此，然後慢慢分開，注視著對方並坐上沙發。

「驥英，你說說看。為什麼會說花英瘋了？」

與其說他瘋了……原本想這麼回答的驥英深吸一口氣，頓了一下後默默地點點頭。

如果他現在說花英沒有任何問題，震英又要去把花英拖出來了。驥英認為現在去打擾本就處於敏感狀態的花英不太好，因此果斷地開口。

「得確認一下。」

「去哪裡確認？」

要做出回答，需要非常大的勇氣。驥英看著震英，只要事關么弟就十分激動的震英正瞪大著雙眼。但是要論疼愛么弟，驥英也不惶多讓。他同樣對這個從小不論做什麼都非常認真，書念得好、個性也很溫和的弟弟感到自豪。只要弟弟提出要求，不論是父親、震英還是他，他們都會替他做到。

花英小時候常常為難別人，但是驥英覺得那樣的花英也很可愛，所以對花英的要求照單全收，其他家人也一樣。

「當然是醫院了。」

所以，驥英更擔心了。雖然花英毫無惡意，有會為難他人的一面，可是他不曾傷害過其他人。但如今，花英卻毫無來由地攻擊同學，也許站在同學的立場，只會覺得花英不對勁，可是這對家人來說是個大問題。

花英是專家，他很清楚怎麼刺傷別人不會致人於死地；如果有人攻擊他，他的反射性防禦也是一流的。

教會他這些的人就是驥英自己，大哥跟父親也時常指點花英，因此花英擁有非比尋常的實力。可是，他居然用桌子壓住同學，還站到上面去，是想殺了對方嗎？

但花英有什麼理由非得做到這種地步？

如果花英不願開口，他們也必須借助專家的力量來解決。

‡

雖然花英可以說話，但他沒有話要說，緊閉著嘴。他自己也不明白自己為什麼會這樣。

醫院啊，花英躺在床上閉上眼。好累，他搞不好真的瘋了。他一直有這種想法，認為自己肯定有哪裡不對勁，說不定他的腦子裡有個地方生病了。

他第一次察覺到自己不對勁是什麼時候？花英開始回溯記憶。第一次覺得自己不對勁的時候……他忽地想起以前的事情。

那是風和日麗的夏日，父親買了機器人給大哥震英，震英真的很珍惜那個機器人，就算上學也會把機器人帶去。花英很討厭他那個樣子，因此某天，花英對沒什麼大不了的事情找碴，在震英面前哭鬧。

「跟我比起來，大哥比較喜歡那個機器人，你比較喜歡那個機器人！」他如此哭喊。

震英來回看著手中的機器人跟花英好一陣子，稚嫩的臉龐明顯感到不知所措，可是花英看著震英的表情，完全不為所動。三歲的年幼花英，問年紀還小的尹震英：

「大哥比起我，是不是比較喜歡那個機器人？因為我跟大哥的媽媽不一樣！」

年幼的花英比長大後漂亮許多。震英看到眼淚不停從那張白皙的臉蛋上掉下來，急忙把機器人遞到花英手裡，輕聲說：「沒有，花英，不是那樣的。」

我最喜歡你了。

這時，花英歪著頭說：「這是大哥的，我不需要這個。」

震英抓著花英的手，「給你，你拿去玩。」

但花英說他不喜歡，搖搖頭：「如果大哥真的比較喜歡我，就把這個機器人放到壁櫥裡。」

我討厭機器人。花英看起來快哭了，震英安撫道：「知道了，我放到壁櫥裡，不會再拿出來了，你別哭。」

震英拚命哄著花英的時候，花英裝作要哭的樣子，然後開心地笑了。小孩子很喜歡為難人，每當對方為了自己放棄某些事情，花英年幼的心靈就會感到滿足。

花英問：「你會馬上放進去對吧？」

震英就用非常捨不得的表情，二話不說地點點頭。

這時，花英的心臟怦通直跳，背脊發麻。他露出像天使一般的微笑。

「大哥，我最喜歡震英哥了。」

這句話讓震英哭笑不得，回答說：「我也最喜歡你了。」

花英從這個時候開始，就有強烈的虐待狂傾向。其實，這個時期的他更加惡劣。不曉得自己性向的花英會讓許多人陷入困境，然後從中獲得精神的滿足。受害者主要是家人，也就是父親、大哥跟二哥。

花英這樣折磨別人，卻不曾覺得自己不對勁。他第一次對此感到疑惑，是國中二年級的時候。

當同學們竊竊私語地討論自慰的事情時，花英因為沒辦法自慰，壓力很大。別人都可以，為什麼我不行？不管他看多少A片，就是完全做不到。他看A片或色情雜誌時，心臟會稍微跳得比較快，但是不會勃起，是因為他對這方面比較不在乎嗎？

花英當時對自己有極大的誤解，並做出了相當優厚的評價，扛住了那些壓力。花英直到高一的春天為止，都不曾自慰過。
高中一年級的春天，美麗的美少年一踏入校園，附近女校的學生們都跑來學校，為了看他而聚集在校門口吵鬧。「花英長得比任何藝人還帥氣」的傳言傳開來後，來圍觀的女學生人數更是持續上升。學校裡的混混學長們看不慣這個情況，在三月底把花英約出來。
「跪下，臭小子。」
三名學長大喊，花英則噗哧一笑，朝地上吐了口口水。這是向他們宣戰的意思。
「要是我不跪呢？」
然後他們就打起來了。那三位混混學長頂多只是愛打架的業餘人士，而花英可是從小就接受專業訓練，所以他們從一開始就不是他的對手。
花英折斷其中一人的手後往旁邊一扔，對另一個人也用相同的方式丟出去，之後逮住最後一個人。他想像平常一樣折斷對方的手臂，但對方似乎比另外兩人厲害，從花英的手中溜走了。接著兩人又過了幾招，花英把男人按在地上，騎到他身上。
怦通！
他聽見響亮的心跳聲，脈搏正在狂跳。這是怎麼回事？
在花英察覺到自己的狀態前，他的手已經揍上對方了。他知道自己必須住手，但他的手不受控制，不斷打上對方，甚至打得很有節奏。

他的腦袋一片空白，眼前變得一片雪白，好像要哭了。就算那男人被他打得滿臉是血，花英也不在乎，不停揮下拳頭。

還不夠——沉睡在花英腦袋裡的某道聲音低語——還不夠，再來。

嗡——花英的拳頭準確地打上學長的臉部正中央，然後射精了。快感太過強烈，甚至讓花英腰部發麻。花英在搞不清楚自己為什麼會感到興奮的狀態下，眼淚不停落下。他站起身，雙腿發顫，渾身是血。雖然褲子被濡溼了，但他的上衣也被溼了，所以看不太出來。

對了，現在想想，那時花英確切地感受到了自己的不對勁——他竟然在打人時射精了。

每當他看到男人的身體，他就會用昏沉的腦袋想著：如果毆打那具身體會怎麼樣？會感到開心嗎？他可以像那時一樣，體會到高潮的滋味嗎？

男人的身體越健壯，他扭曲的心就越炙熱。要揍揍看嗎？要講點什麼找碴嗎？還是直接打一拳算了？那樣會感到開心嗎？

但是他做不到。

他想毆打別人到難以忍受，而若想折磨對方，自己就必須有力氣。

花英從小就會念書又擅長運動，他會咬緊牙關，讓自己達到目標。因為唯有這樣，他才能折磨別人，這是花英快樂的來源。但是，讀書如今卻束縛著花英。成為考生的花英備受學校期待，但花英現在一邊讀書，每天都會想起學長的肉體，就快瘋了。

如果可以再毆打一次那具身體該有多好？因為如今折磨他人，也無法令他感到快樂。丟出狡猾的誘餌、折磨對方太無趣了，他需要立刻揍人。要打人的話……就必須騎到對方身上，得騎到對方身上揍人才行。他需要節奏，光是想像就快瘋了。可是，光靠想像，他沒辦法勃起，他需要那位學長的身體。

不，不是那位學長的身體也沒關係，他是需要那樣的身體。

反正他應該會被送去精神病院。

花英坐起身。他至今一直扮演著討喜又令人自豪的老么，如今也要結束了。

如果去醫院，花英會被診斷為瘋了，那他應該會被關在精神病院裡，搞不好一輩子都得住在那裡。那麼，花英想再體驗一次高潮。

他下樓來到起居室，正在專注地開家庭會議的兩位哥哥跟父親都看著他。

「我出門了。」

他可以說話啊？在他們這麼想的時候，花英已經出門了。接著——

「精神病院？」

尹秀鋏立刻瞪來，驤英聳聳肩，嘀咕道：「哎呦，我還以為他得了失語症……而且不是精神病院，是精神科，只是綜合醫院的精神科，那就像精神得了感冒一樣……不是你們想的那樣……」

但另外兩個男人只是投來冷冽的目光。

只要逮到一個人就好了，花英沒那麼講究。他慢悠悠地在附近的鬧區徘徊，等待時間流逝。他打算只要逮到一個傢伙，就卯足全力揍人。他知道過了午夜，就會有很多喝醉酒、腦袋暈沉的人出現，所以在那之前，花英就坐在咖啡廳裡等著時間流逝。

‡

工讀生小鹿亂撞地望著這位像畫一樣的美少年，但如果她能看透他的內心，搞不好會報警。

花英一直在思考，他唯一一次射精的時候是怎麼做的？他騎上去……打了對方。

他最近總是只想著這件事情，白天同學來跟他搭話前，他都沉浸在這個想法裡。

他鮮明地想起來了。他掐住學長的脖子一扭，把他扔到地上……然後騎到對方身上，揮下拳頭。一開始就只是單純的毆打，打著打著，沒錯，就打出了某種節奏。

花英纖細的手指規律地敲著木桌。噠、噠、噠、噠。

「看來您在從事與音樂相關的工作？」

花英用凶狠的目光看向以倒咖啡當藉口靠近而來的工讀生。那道目光讓工讀生嚇得渾身一顫，一直往後退，就在她要跌倒前，花英伸手扶住了工讀生的腰。

「啊，抱歉。我剛剛在想事情……不是音樂的事。」

看向工讀生時，花英露出以往燦爛的微笑。他一手撐在她的腰後，另一隻手幫忙穩住她拿著咖啡壺的手，以免她把咖啡灑出來。

「是我吵到您了，我只是想替您續杯咖啡……」

在工讀生講完之前，花英遞出自己的馬克杯。

「謝謝。」

看著花英的笑容，工讀生幫花英倒好咖啡，轉身回去工作。

他真的好帥，而且好像很有個性。

此時，花英啜飲著續杯的咖啡，再次陷入思考。

這感覺跟今天早上有點像，憤怒……然後有某股無以名狀的情緒襲來，使他一看到同學就本能地做出了行動。但這次不一樣，他一看到工讀生，那股就快湧上來的情緒突然平息下來，消失無蹤，花英也恢復了理智。

這兩者之間有什麼差別？

花英的心裡有著另一個自己，就像傑奇博士跟海德先生[1]。那麼，哪一個他是海德先生？

花英喝著咖啡，陷入無法得出結論的思緒中。

花英離開咖啡廳的時候，已經過了午夜許久。欠揍的傢伙們大概會在哪裡惹事生非，顯而易見。漆黑的地方、大叫也聽不見的地方、看不到的地方，總之若要打人，他不想打好人，他

1 傑奇博士、海德先生：傑奇博士為小說《化身博士》的主角，有雙重人格，海德先生為其第二個人格。

必須要有某個理由。

花英就像有確切目的地的人一樣，闊步走在路上，轉頭看著四周。那位被他痛打一頓的學長必須在醫院住上很長一段時間，聽說也沒辦法運動。雖然當時是第一次，他也不是故意的，但花英這次從一開始就下定了決心，要痛毆某個人。既然如此，他就得挑一個混帳。

「您、您、您……您要幹什……麼……」

聽見女人顫抖的聲音時，花英低喃了一句：「賓果！」

他甚至覺得，這個世界已經腐敗了。花英花了四十分鐘找到獵物，並為了確認目標，躲起來等著。雖然女人說要給對方錢，但男人推了女人一把，撕開她的衣服。

男人將刀口抵在女人的臉頰上，威脅道：「妳敢尖叫，我就刮花妳的臉。」

女人瞪大眼的同時，花英一把抓住男人，開始毆打他，騎在他身上，毫不留情地亂打一通，並努力回想那唯一一次感受到的感覺是什麼滋味。

那是什麼節奏……？花英繼續揍著半是昏迷的男人，努力回想那個節奏。那是某個特別的節奏。終於感覺到那個節奏後，花英開始認真地痛毆男人。

男人哀求說著「我錯了」，讓花英更加興奮。

「請您原諒我……拜託、拜託，啊啊，啊啊啊！」

每當男人流淚，花英就更興奮，興奮到快瘋了。一陣酥麻竄過的瞬間，花英掐著強姦未遂犯的脖子，達到高潮，之後再次握緊拳頭。

這時，有人把花英從男人身上拉開。

一開始花英想不起來對方是誰，腦袋就像著了火一樣炙熱。看見花英的表情，男人說：「傻了啊，傻了。」然後用手指戳戳花英的臉頰，像在彈鋼琴一樣一直戳。

「尹花英，我是誰？」

男人用輕快的嗓音問花英，像在玩問答遊戲。

花英花了好長一段時間整理記憶的頁面，翻找答案。

因為滿心歡喜，花英連腦袋都在發顫，完全不在乎對方是不是看到了自己的行為。

他花了一段時間才輕聲喊出男人的名字：「……具成俊。」

具成俊笑著開玩笑道：「答對了！」然後貼到花英耳邊低語：「射了？」

那不是問句，是肯定句。花英看向成俊，成俊則聳聳肩。

「要不要帶你去能合法射精的地方？」

花英眨眨眼，不懂成俊在講什麼。他每眨一次眼，目光就越冰冷，就像毫無生命的物體。

看著花英的這副模樣，成俊咂嘴一聲。

高中一年級的春天，成俊第一次真的認識到花英這個人。這個被學長們帶走的美少年，渾身是血地踩著踉蹌的步伐，穿過操場。當花英走過因為家裡有事而早退的成俊身旁時，成俊從他身上聞到了精液的味道。

成俊輸給了好奇心，跑到體育館後面一看，有三個男人癱倒在地。其中傷得最嚴重的男人像具屍體，臉上凹了一個洞，可是身體都好好的。難道是同類？這是成俊第一次懷疑花英。

一想到從小認識的尹花英是同類，成俊就覺得很刺激。他從小就看著花英的那張臉，覺得他長得很可愛，沒想到花英長著那張臉，卻是個虐待狂。

如果花英是受虐狂，他一定會不計後果地把他吃乾抹淨，但是很可惜，他們的性向相同。不過，他想看看花英頂著那張臉，會怎麼調教自己的對象。

竟然就這樣遇到了。成俊曾想過他們總有一天會有交集，不過這是個千載難逢的好機會。成俊像惡魔一樣對花英低語：「要不要帶你去能合法射精的地方？」

平時平易近人的尹花英消失無蹤，用支配者傲慢冷酷的目光，仰望成俊。

「走吧，帶你去看個好東西。」

成俊拉著還不清楚自己性癖的迷途羔羊尹花英，踏入鬧區附近的一處住宅區。

花英的手腕比女人的粗，但以男人來說非常纖細。這種人居然不是臣服者，真可惜。

拉著花英走時，成俊不禁感到惋惜，可是惋惜歸惋惜，想看歸想看。想到自己可以看到平常被稱為完美人類的尹花英不為人知的一面，他就感到背脊發麻。

兩人來到一棟有小庭院的三層樓獨棟住宅，在高級住宅區裡很常見的一棟房子前，成俊按下電鈴。

『哪位？』

「具成俊，會員編號一○一二四五六。」

開門聲隨即傳來，成俊立刻拉著花英要走進去。

「這裡是什麼地方？」

雖然花英不認為從小就認識的成俊會讓他身陷險境，但他不曉得來這裡要做什麼，因此投來戒備的眼神。單憑他是尹家的兒子，花英的身邊就充滿了敵人。他被綁架過好幾次，所以接受過嚴苛的訓練。

「喂，我會綁架你嗎？進去就知道了。別像隻鬣狗一樣四處遊蕩，找一些可笑的畜生。進來吧。」成俊咧嘴一笑，「讓你見識一下新世界。」

成俊的手使勁一拉。他那自信滿滿的態度，讓花英不自覺地踏入這個不曉得是地獄，還是天堂的地方。

‡

「像你那樣做，對方會受傷的。懂嗎，尹花英？不讓對方受傷是有意義的。」

成俊一邊解釋，一邊用馬鞭抽打男人的臀部。

被打的男人「呼啊！」地叫了一聲，拱起腰來。

腦袋再次發燙，花英只能靠在椅背上。男人露出臀部，正在挨打。而每次挨打，男人的性器就滴下精液。花英的腦袋發燙，什麼都無法思考。

剛才，成俊對花英說：「你先在旁邊看著。」讓他坐下，然後開始遊戲。

花英真的看到了新世界。

每次成俊鞭打那男人，男人就會大喊「謝謝您」，並噴濺出精液，達到高潮；若是成俊勃起，男人就會貼上成俊的性器，並大喊：「我來侍奉您！」；成俊插入男人的肛門時，花英坐在椅子上也彎下腰來。

比打人還強烈的刺激讓花英眼前一片空白時，有人在他耳邊低語：

「主人。」

花英往旁邊一看，身邊站了一個陌生男人。脖子上戴著一條像狗鍊的皮項圈，兩邊乳頭都打著乳釘的男人問：「我可以服侍您嗎？」

花英眨眨眼，不曉得他是在問「要玩遊戲嗎？」，誘惑自己。成俊粗暴地頂入男人的後穴並抬起視線。

「新面孔獵人登場了。」

面對成俊的諷刺，男人無動於衷，「主人？」

聽到這句話，花英看向成俊，那目光不是在尋求成俊同意，而是尋求建議。

看到一臉擔憂，怕自己會不小心把人打死的花英，成俊噗哧一笑。黑道世家的兒子要是走上歪路，原來會變成這樣啊。成俊帶著根本是偏見的想法，對花英點點頭。

「不會有事的。這位大哥真的很厲害，對新面孔來說很適合。」

聞言，男人眼角帶著笑意，而花英開口：「我不太會。」

男人說：「我知道該怎麼服侍您，主人。」然後跪在花英面前。

他掏出花英的性器，用嘴唇含住，眼眸一笑，慢慢含進嘴裡。

這是花英第一次體驗口交，卻沒有什麼反應。男人對上花英的目光，露出複雜的表情。就算他讓整個性器深入喉嚨，花英看起來也不怎麼喜歡。

「您不喜歡嗎？」男人慢慢抽出性器，一臉不滿地問。

花英不曉得該怎麼回答。

一直注意著花英的成俊，對自己正在抽送的男人低聲說了些什麼，那男人猶豫再三後，用通紅的雙眼看向花英低喃：「我……我知道了。」然後爬了過去。

男人後穴依舊夾著成俊的性器，來到花英面前，又瞥了花英一眼。

這位優雅美少年身上的立領制服沾滿了血。男人看著這位美少年，感到非常難為情，最後勉強地將唇碰上花英的性器。

「你做什麼……」

不久前含過花英性器的男人出聲抗議，但成俊迅速打斷。

「他不是不喜歡嗎？」

然後成俊粗魯地頂了進去。

被成俊抽插著的男人推開花英的玩伴，將嘴唇貼上花英的性器。看到男人漲紅的臉色，花英的性器立刻開始膨脹。花英抬眼看向成俊。

「只要你別揍他就好。」

成俊這麼說完，開始粗魯地抽送時，花英也牢牢抓住男人的臉，把性器塞進對方嘴裡。

當他看見這男人的臉，從頭到腳都興奮起來。男人滿臉通紅地含著花英的性器，喉嚨不停發顫。男人每次與花英對上眼都害羞地垂下眼，那模樣讓花英快瘋了。

他想羞辱他，想虐待他，花英在這一刻，正面面對著具體的欲望。

花英用穿著皮鞋的腳愛撫男人的性器。男人瞪大雙眼，然後慢慢閉上眼睛，感受身體戰慄的感覺，並在羞恥和恥辱感中不停落淚。

「舒服嗎？」

花英一問，男人就閉著眼，含著花英的性器點點頭。他身後的成俊「呵」了一聲，大笑出聲。

「媽的，你夾得太緊了，蕩婦。就那麼爽嗎？」

這句話讓男人的喉嚨大幅滾動。他現在極為興奮，前後都被抽插著的男人開始掙扎。

蕩婦……？花英在男人的嘴裡頂弄，對這個詞皺起眉。他對蕩婦沒興趣，他想要的……是什麼類型？但他很確定是男人。

他不想跟女人做這種事，對女人的裸體也沒興趣。那天晚上，花英察覺到自己的性向，他只會在凌辱男人時感到興奮。

跟成俊配對的臣服者在那之後轉投花英的懷抱，連續三天晚上都被花英壓在身下，沉浸在羞辱之中。花英在轉眼間成為進出三層樓住宅的臣服者們的目標。他是新手，所以有技巧不純熟的缺點，但他有一張美麗的臉孔和與臉蛋不相襯的強健肉體，而且，雖然花英的技巧不足，沒有擅長的玩法，但他給人的感覺很新鮮，作為支配者的本能很強。他可以輕鬆看出臣服者的極限在哪裡，然後不花太多時間，就能依照對方的極限做出調整。

花英白天讀書，晚上凌辱他人，他的手機裡開始多了許多人的電話號碼和呼叫器號碼。

花英帶著厚重的黑金剛手機，隨心所欲地約人出來，大部分的人都不會拒絕他。於是不只三層樓住宅，花英也開始進出汽車旅館。

他誠心誠意地向戒備他的同學們道歉，說：「我當時大概是壓力太大，所以瘋了。」同學們聽了，也不再排擠他。

花英滿足著自己的欲望，也學習到維持日常生活的方法。如果花英是普通人家的孩子，搞不好會就此毀了，但花英家是掌管各地基層組織的全國性黑幫家族，加上他是老么，還有三個在刀口上舔血的男人在家，可不會放任以前每天只會在家裡念書的老么每晚都跑出去玩。

「跟我解釋一下，你和男人進出汽車旅館的理由。」

看到父親扔來的照片時，花英心想，終於來了。如果他有心要隱藏，他會很謹慎，但不管花英隱藏得再好，這件事總有一天會曝光，所以花英反倒毫不遮掩。

照片中的花英跟某個男人一起走進汽車旅館。雖然他們舉止非常親密，花英卻想不起那個男人的長相。他記得旁邊那張照片中的男人，那是曾哭著求他尿在他嘴裡的男人。他是透過那男人，才知道有這種玩法的。

花英當時尿在了那個男人身上，但在那之後，就不曾和那個男人玩過了。他不喜歡排泄在對方身上，對花英來說，那是侮辱對方的行為。

在花英的腦袋裡，遊戲跟暴力是完全不同的兩碼子事，因為沒有理由把暴力運用在性愛中。花英如果下定決心要對誰施暴，他都有能力立刻執行，但不管怎麼說，那個男人讓花英學到很多東西。從那之後，花英都會先跟對方討論遊戲內容，接著才去汽車旅館。

除了那男人，還有好幾個人，全是他跟男人進入汽車旅館的畫面。幸好，跟拍的人似乎沒有拍到房間裡的情況，如果拍到了，父親搞不好會心臟麻痺去世，或是想殺了他。不，光是他跟男人開房間這點，父親搞不好就會把他攆出家門。

花英大大地深吸一口氣。就算如此，這也無可奈何，這是他的本能。如果不這麼做，他搞不好又會攻擊別人，或許會打死別人。他沒辦法那樣活下去，沒辦法過著每天承受壓力，被無以名狀的欲望折磨，也無法勃起、射精的日子。那不是活著，而是死了。

既然他走出了看不到光的隧道，就無法再爬回去。因此，花英淡然地開口道：

「父親，對不起，我是一個只能跟男人在一起的人。」

尹秀錸多麼疼愛這個孩子，使其怒氣完全超出了想像。他抬手想打花英，被二兒子攔了下來，不得不作罷。

二兒子從背後抓住父親，大喊道；「爸！花英剛考完大考啊！」尹秀錸這才想到花英現在剛考完大考回來。沒錯，他拿到這些照片時大約是一週前，但他怕花英考不好，所以不敢跟他提起，然後花英終於考完回來了，他卻說不出「考得好嗎？」這些話。

「二哥，你放手。」花英對驥英說。

驥英大喊：「你快上去！」

但花英更大聲地喊：「放開你的手！」

聽到總是面帶笑容的花英吼道，驥英猶豫片刻後放開手。震英擋在父親跟么弟之間，但花英推開大哥，站到父親面前。

「爸，您打我吧。」

花英看著父親的眼睛道。在花英心裡，父親和兩位哥哥有資格揍他。

花英記得他們給予的愛。沒錯，他們愛他，不管花英怎麼為難他們，他們總是為了他，心甘情願地承受，他們總是在替花英著想，不論發生什麼事，他都是他們的寶貝老么。所以，花英理解父親的心情，他能感受到那種遭到背叛的感覺。

父親對他這個成績優秀，不論到哪裡都不遜色的兒子，向來非常自豪。花英為了回應父親跟哥哥們的期待，總咬緊牙關，努力做到最好，父親跟哥哥們也為了他非常努力。

先打壞這份關係的人是花英，父親跟哥哥們有權利生氣。

花英沒閉上眼，也沒咬緊牙關，他覺得父親跟哥哥們會揍他一頓，然後把他趕出家門。他搞不好會死，但即使如此，他也無法自欺欺人地活下去。

父親無力地放下高舉著的手時，花英一臉意外地看著尹秀鋏。父親像在看初次見面的人一樣看著他。

「打了之後呢？你就會喜歡女人，不喜歡男人嗎？」尹秀鋏用沙啞的聲音問。

花英皺著眉笑了。不是以往燦爛的笑容，而是隨時會落淚的笑。

「對不起，爸。如果我沒有死去重生，那就是不可能的事。」

聽到花英的話，尹秀鋏抬眼看向天花板。他很了解自己的三個兒子，尤其是花英，他不會輕易說出「不行」兩個字。這孩子小時候因為跑步比賽輸了，就每天練跑，最後拿了第一名，這是他特有的固執跟倔強。雖然平常都隱藏在那張如花一般美麗的臉蛋下，但他是個十分冷酷又好勝的人。

這樣的花英搖了搖頭。

「你連……努力都不努力……」

尹秀鋏如此低喃後，花英用沙啞的嗓音低聲道：

「爸，您就打我吧。我不想再這樣白活下去，還不如……」花英閉上眼，「去死算了，爸。」

‡

花英隔天去上學時，想問花英考得怎麼樣的班導跳了起來。因為花英的臉鼻青臉腫的。

「你被誰打了！」

昨天在考場外看見他的時候還是個美少年，現在卻整張臉腫得不得了。他臉上到處貼著OK繃，顯然沒好好包紮過。

「啊，不曉得怎麼了，就跟人發生了爭執……」講話也口齒不清，但花英頂著那張臉笑了，「我考得不錯，應該能考到平常的成績。」

聽見花英這番話，本來還在擔心花英這張臉是怎麼回事的班導也回以微笑，笑意盎然地拍拍花英。

同學們都很生氣，說要去找出打傷花英的傢伙，班導則問他要不要去警察局，而保健室老師在身旁暴跳如雷，要他去醫院開診斷證明。在這段期間，花英都笑得像一幅畫。

昨晚，他一說出「去死算了」這句話，父親就狠狠地揍了他一頓。聽到尹秀錸喊著「你不如去死算了」，花英很是難過。花英露出苦笑，感到落寞，因為他也不想生來就是同性戀。

原本尹秀錸放話要讓花英一輩子都無法踏出大門一步，是二兒子驥英說服了他。

他問：不應該讓他去讀大學嗎？不該讓他參加期末考嗎？拚命說服父親。

一聽到尹秀錸說：「只許送他去學校。」大哥尹震英就立刻帶花英離開。

在車子裡，震英低聲問：「真的不行嗎？」

聞言，花英點點頭，震英就大嘆了一口氣。但他沒再多說什麼，因為看到花英被父親打得鼻青臉腫的臉，他想打他也抬不起手。

期末考結束後，花英就出不了門了。他的手機被沒收，人只窩在房間裡。想到父親有可能會關著他一輩子，花英就感到憂鬱。他的活動量減少，越來越憂鬱，最後連飯也不吃了。他沒有想自虐或威脅父親的意思，真的只是不想吃飯，只要吃一點，胃就會不舒服。

大考結束後反而受到更多壓力，他的胃開始拒絕進食。花英不是故意的，但隨著他開始不吃飯，他跟父親之間的狀況變質成一場拉鋸戰，而震英跟驥英夾在兩人之間。

先投降的人是驥英。

「花英啊，爸同意了。我們出去吃點東西吧，嗯？」

但即使驥英投降了，情況也沒有任何改變。

「哥自己去吃吧，我的胃最近不太舒服。路上小心。」

花英燦爛地笑著把人趕出房間，驥英不情不願地走出來。其實心裡已經投降，但礙於自尊還在堅持的大哥震英問：「他要吃嗎？」但驥英搖搖頭，震英就一臉失望地出門了。

尹秀鋏每天一回家就問：「你有吃點東西嗎？」

花英為了不讓家人擔心，都會說自己有吃，但任誰一看都知道他沒吃飯。

尹秀鋏實在太擔心，有一天突然發飆，不斷吼道：「你這是要跟爸爸作對嗎？」

當花英進入首爾大學的時候，一家人久違地到外頭用餐。雖然花英很努力地吃，可是一回到家裡就吐了出來。驥英說必須帶花英去看精神科，卻被父親斥責「又提什麼精神病院！」。

這時，尹震英投降了。花英的體重掉到五十八公斤時，震英看花英瘦得像根枯枝，看不下去地哀求他：「我不管你要跟男人在一起還是跟狗在一起，拜託你吃飯吧。」但花英生氣地說：「男人跟狗怎麼能相提並論！」最後震英賠了夫人又折兵。

震英跟驥英都是大忙人。尹幫是帶領各地基層組織的全國性黑道組織，如果接到基層組織的報告，有時就得支援他們。

拳腳世界總是需要爭奪地盤，收取保護費的代價就是要保護各地組織，因此常常看到尹幫出動觀光巴士。當時，震英跟驥英兩人都是突擊隊長等級的領隊，所以更忙碌。

而花英會去大學上課，但他跟一般的大學生不一樣。有輛賓士會在校門口待命，家裡還會派人監視他。新生時期，花英一次聯誼都沒參加過，過著往返學校跟家裡的生活。

花英很堅強地撐了下來，可是花英的腸胃沒辦法，使他變得更瘦了，最後摸索出折衷方案的是尹秀鋏，他實在無法殺了那狠心至極的兒子。

「你就是吃飽太閒，日子過太爽，才會讓自己陷入奇怪的境地。」尹秀鋏這麼說著，命令花英去當兵，「男人就是得去當兵才行，去過過苦日子吧，你會成為一個更好的人。我就是太疼你了，你現在才會變成這個樣子。」

聽了父親的話，花英問：「如果還是不行呢？」

爸，到時候您會怎麼做？

聞言，尹秀鋏大嘆了一口氣，回答：「到時候我也該放棄了。」

隔年，花英去當兵了。花英入伍那天，尹秀鋏滿臉後悔，剩下的兩個兒子則打從心底埋怨父親。

「每個人都會去當兵，又沒什麼大不了的，幹嘛把陣仗搞得這麼大？」

花英這麼說著，毫無怨言地打算離開。震英跟驥英對這樣的么弟也有所埋怨，但花英到最後對家人都很和氣，所以大部分的不滿還是都轉向了尹秀鋏。

每次放假時，花英都會回家，哪裡也不去，一直窩在家裡。

最後花英退伍時，尹秀鋏投降了。當他看到花英瘦骨嶙峋的模樣，再也堅持不下去了，他對花英說：「這是你如此折磨我才獲得的自由，所以你一定要幸福。」

自懂事以來，花英第一次看見父親眼眶泛紅。就這樣，花英得到了家人的認同，這場漫長又無趣的抗爭結束了。

花英沒有帶男人回家過，只會跟男人做愛。事實上，花英的家人對他帶來家裡的每個朋友都相當戒備，花英對他們說自己不會把「那種男人」帶回家後，他們都鬆了一口氣。他們也偷偷跟蹤過花英，想看看花英跟什麼樣的男人交往，可是他們卻得知花英是一個超級花花公子。

花英的男伴總是一個換過一個，展開遲來的華麗大學生活。

「你可真了不起。」

考上同一所大學，有時會一起吃午餐的具成俊十分佩服。

「什麼？」

跟覺得學餐的飯菜不好吃，皺起眉的成俊不同，花英吃得津津有味，用軍人的速度把餐盤清空。

「你不吃那個的話給我。」

聽見花英的話，成俊把自己的餐盤推過去，花英就把他的餐盤一起清空。

「我作夢都沒想到你爸會同意，你居然能降伏你爸那樣的人物，真是個狠角色。」

聞言，花英低聲道：「我也沒想到他會同意。」

「那你接下來打算怎麼做？出櫃嗎？」

成俊一問，花英吃到一半就皺起眉頭。

「我本來就不打算做什麼，我只是……沒有信心可以一直瞞著我爸。我爸跟我哥他們是什麼人，你覺得有辦法瞞到底嗎？」

「但如果你死不承認……」

「不要。」花英搖搖頭，喝光清淡無味的湯，低聲說：「不管是對我還是別人，我都不想再說謊了。我不想再欺騙任何人，如果不打算一輩子都不坦承，還不如誠實告訴他們。」

聞言，成俊道：「你如果用這種心態踏入社會，很快就會被人甩在後面的。」

「不用你擔心，我的事，我會自己看著辦。」

花英燦爛一笑。花英得到家裡的認可已經過了半年，但他的體重還是無法回到大考前的數字。

「唉，現在家人都認同了，要是有男人出現就再好不過了，但為什麼我的菜都不在街上遊蕩？」

成俊聽了，低聲說：「就算在街上晃，他們也都愛女人好嗎？」

花英喃喃自語：「就算這樣，保養一下眼睛也不錯啊。」

「你喜歡哪一種的？」

聞言，花英道：「漂亮的。」

成俊聽了，噗哧一笑，心想原來大家的理想型都差不多，但是後面就完全不一樣了。

「而且要強大、可愛、生性害羞、性感又老實。雖然缺少幾個條件也行，但最重要的是必須健康漂亮。我喜歡揍身高高大、身體強壯的男人，那會讓我渾身發麻。」

花英即使看到成俊厭倦的目光也泰然自若。也是，因為花英從小就把這些話掛在嘴邊。

小時候第一次見面的時候，花英本來對一切都漠不關心，但是當他聽到成俊有養貓，那雙眼睛瞬間發亮。成俊回想起這件事就泛起雞皮疙瘩。

彷彿注意到了這樣的成俊，花英笑道：「沒錯，就是像雲豹、美洲豹的人。孤獨又強大的貓科動物，然後還要漂亮。」

「講得好像真有其人。」成俊斥責他：「喂，你要找那種男人就去北歐找吧。」

花英搖搖頭，說他討厭外語。

成俊想到自己將近一百九十公分的身高跟外型，心裡覺得跟花英提的條件很相似。他覺得在韓國，像自己這樣已經很好了，完全沒想到幾年後，花英會對身高一百九十七公分、傭兵出身又長得一臉凶神惡煞的男人一見鍾情。成俊更沒料到，自己也會追求那個男人。

那天的天空非常蔚藍。雖然兩人完全不記得了，但當時的他們低喃道：「天空真的藍得很刺眼。」

Last act.

引誘 Allure

在煙霧瀰漫的倉庫裡，貌美如花的男人將菸叼在嘴裡。

男人把菸塞到嘴裡時，身旁長得像惡鬼的同伴立刻替他點燃香菸。點燃菸後，花美男跟深藍色西裝的男人凝視著彼此，所有人都看著那名花美男泰然自若地跟對方對望。

抽完一根菸，花美男在菸灰缸上捻熄菸蒂。那雙宛如妖豔美人、烈焰般的紅艷嘴唇緩緩張開，發出動人的嗓音。

「加注，五億。」

花美男的聲音宛如審判者，比黑暗更圓潤冰冷，在人們腦海中迴盪。

「和你手上的錢差不多。」

充滿男子氣概的男人來回看了看兩人，緊張地說：「再加七億就能贏了呢。」

花美男用纖細修長的手指，把籌碼往中間推，「總共十二億。」

深藍色西裝的男人嚥下一口口水。

「過牌……我想一下。」

男人像職業選手一樣遊刃有餘。他盯著籌碼的樣子很凶狠，但也僅此如此。他看著對面的花美男，叼起菸用打火機點燃。結果喀嚓——手指一滑，打火機掉到了地上。他盡可能不動聲色又泰然自若地把打火機撿起來，再次握在手裡，只用毫不在意的神情垂下眼。

賭桌中間堆了一疊牌，還有堆積如山，就快傾倒的籌碼。而坐在賭桌另一頭的對手一直在換牌，兩張、兩張再兩張，男人的腦袋高速運轉，猜想著對方哪來的自信加注。

他想起自己的牌——難道他只能拿著四條[2]去死嗎？容貌漂亮到像個女人的那男人，手裡的牌到底是什麼？

如果要壓下四條，就代表他手裡的牌是同花順，但考慮到拿到同花順的機率，運氣也太好了吧？而且洗牌的不是他，沒辦法做牌。在這個情況下，他居然拿到四條，有股濃烈的詐賭氣息。

眼前這男人雖然長著一張好欺負的臉，卻不容小覷。他拿到了做莊的機會，而且是由莊家選擇，要跟他說這小白臉沒有耍詐？這點實在很可疑。但他手裡的牌是四條，如果沒有登場機率六萬分之一的同花順就是所向無敵。男人熄滅香菸，開口——

‡

「社長，具成俊先生又來了。」

奎元的手頓了一下，又動起來，「請轉告他我不在。」

聞言，尚雷諾回答：「他說他知道您在。」

2 四條：意指四張數字相同的牌。

察覺到奎元堅持不見對方，尚雷諾又補了一句：「他說他在停車場看到您的賓士。」

那輛車本來是花英的車，所以奎元沒辦法再堅持不見人，這次他真的皺起眉頭。

本就令人害怕的臉一扭曲，尚雷諾突然像堅守軍紀的軍人一樣大喊：「我、我、我會、我會好好跟他解釋的，對不起！」然後跑出社長室。

回想起去年的聖誕節，奎元搖了搖頭。他第一次發現原來超出一定的極限，快感就會轉為痛苦。想起那張電椅，他的頭就陣陣作痛。那是他出生以來第一次哭得那麼慘。撇除以前因為失血過多昏倒的經驗，這也是他第一次在戰場以外的地方暈倒，現在回想起來還是會渾身發抖。對他來說，叫他坐到電椅上，比要求他光著身子進入叢林還可怕。

但花英是他的主人，如果花英叫他坐，他也只能坐上去。

因為當時的事，奎元完全不想靠近成俊，但奇怪的是，成俊只要有空就會來店裡，然後指名要找「社長」。

奎元每天早上都會跟花英報告他每天發生的事，每當他向花英報告成俊來過店裡，花英都會冷下臉來。

『看來他非常喜歡你。』

在那之後，他們有好一段時間沒玩遊戲了，因為花英忙翻了。昨天花英才折磨他，不停要他保證「不會跟成俊兩人單獨相處」，奎元則努力地對半是玩遊戲，半是真心的花英做出承諾，並擺動腰肢。

「客人，您不能這樣。」

門外傳來騷動聲。又有人在外面鬧事，喊著要叫社長出來嗎？奎元內心厭煩地站起來。

此時，門被打開，奎元用各種理由躲了整整一年的具成俊，用閃閃發亮的目光注視著奎元。

要不要直接逃跑？他不能跟他說話啊。花英是說不能被他誘惑，但依照奎元的標準，具成俊從沒有誘惑過他，所以直接逃跑似乎才是上策。

他死都不想再坐電椅——奎元決定無論如何都要逃跑的那一刻，具成俊大喊：

「花英那臭小子在哪裡！」

他的目標又換成花英了嗎？奎元頓時感到安心，這比叫他換個戀人（兼主人）好多了。

因為恐懼勝於嫉妒，奎元心裡想著要不要逃跑，但成俊怒不可遏，要他叫花英出來。暫時放下心來的奎元最後不得不打給花英。

成俊在他身旁問：「那小子換電話了？」奎元沒有回答他，簡單地把情況跟花英說明了一遍後，花英用僵硬的聲音說：『我現在過去。』然後掛斷了通話。

這損友一個月都不接他的電話，一接到臣服者的電話就馬上趕過來——我都打你的電話打了一個月！成俊想這樣大吼，但是想到花英本來就不喜歡接電話，又閉上嘴。

花英向來都是會制定好自己的領域並堅守的類型。他不曾讓臣服者進入他家，雖然會問別人的電話號碼，卻不會把自己的電話告訴對方。他是一個很無情的人，這一切只是被他成熟穩重的禮貌和華麗的美貌掩蓋著，看不出來罷了，花英實際上追求的是封閉性社交關係。

「尹花英竟然會因為一通電話，拋下工作跑過來，真稀奇。」

聽見成俊這麼說，花英連眨都沒眨一眼。他用好奇的眼神，優雅地喝著員工端來的咖啡，臉上帶著戒備對成俊說：「你有什麼事？」

花英將奎元收為臣服者超過兩年了，不過看成俊的樣子，似乎依然很執著於他的臣服者。不，搞不好變本加厲了。花英想起自己以前丟給他的監控錄影帶。

其實成俊最近也沒時間好好玩遊戲，當他想自慰時，很愛看那卷錄影帶。以監控錄影畫面來說，畫質非常好，因為地牢在會員的默許下，時常外流遊戲的監控錄影帶。但即使如此，監控錄影的畫面還是有極限，跟實際的色情影片相比，畫面十分單調。因為從頭到尾的構圖都一樣，而且沒有活力。

由於奎元被綁在電椅上，所以動的人是花英，但成俊關注的是奎元。在畫面中，渺小模糊的臉蛋一直哭，拚命掙扎。坐上電椅的臣服者幾乎都會這樣，所以他一點也不覺得奇怪，但是奎元也不像其他坐上電椅的臣服者，他沒有為了逃離那張椅子而掙扎，沒有活動被綁在電椅後面的手，或是被束縛住的雙腿，只受到快感折磨。最後花英準確地在過了十分鐘時關掉電源，一解開奎元的手，奎元就緊緊抱著花英不放。

要說他們的關係是玩伴，這感情過於濃厚；要說他們是主僕關係，這感情又太脆弱。奎元扭曲著那張粗獷的臉，哭得像世界崩塌了。

「我問你有什麼事？」

加班到一半跑來的花英面露不耐，成俊這才回過神。

他看向花英，看到花英將一根菸塞進嘴裡，似乎對工作時被叫過來感到非常不悅。花英一叼起菸，奎元就在一旁替他點火，那慎重的態度讓成俊很羨慕。他惋惜地心想，要是世界上還有另一位這樣的臣服者就好了，如此一來，自己應該也能像花英一樣幸福。

「我來找你是因為……」

現在能救他的只有花英了，可是花英不曉得願不願意救他。

他該怎麼開口才能打動花英的心？成俊頓了一會，大腦拚命運作。他該怎麼說，這位跟他友情薄弱的朋友才願意幫他？

那一刻，他的腦海裡突然浮現奎元將槍口抵上他太陽穴，威脅他的場景。但那不過是焦躁鬱悶之下，瞬間閃過的想像。第一，他沒有槍；第二，奎元是保鏢出身；第三，尹花英不是會為了那點威脅就動搖的人。

「事情就是……」

具成俊別無他法，只能笑了。他想起一句諺語叫伸手不打笑臉人，但花英只拋來如利刃般冰冷的目光。

‡

成俊會開始進出賭場，要回溯到三個月前，他是跟姜勇佑一起去的。勇佑家不像成俊是財閥家族，但他也是銀行世家的公子，稱得上上流階層。因為性癖相同，兩人把彼此視為同類，在地牢的關係也很好。

姜勇佑跟成俊說「我最近迷上了德州撲克」，因此成俊也被德州撲克吸引了。

「別坐那桌，那男人是『選手[3]』。」

勇佑那麼說完後離開，但成俊誤解了「選手」的意思，以為只是擅長玩德州撲克的人。

「誰會一上場就輸啊。」

成俊帶著他特有的自信，坐到那張桌子旁。

被勇佑稱為選手的男人沒有那麼厲害，但也不差。非要說的話，就是能贏一點的程度。那張賭桌上，一直贏的反而是坐在成俊旁邊的女人。

3 選手：在賭局上用技巧讓賭局對自己有利的人，也就是大家常說的老千，這裡是指賭場僱用的職業老千。

高雅的中年女性說：「人家都說七分靠運氣，三分靠實力，運氣真的很重要啊，運氣。」然後燦爛地笑了。

起初聽聞男人是選手，只緊張地盯著他的成俊也看向那女人。雖然不到橫掃全場，但她確實贏了不少。

「喂，我就叫你別來這桌了。」

勇佑發現他的時候，成俊已經輸給那女人超過八千萬了。雖然勇佑在成俊耳邊低聲叫他立刻退出，但成俊沒辦法就這樣離開。他已經悄悄輸掉一筆錢了，八千萬是個問題，但最重要的是輸錢令他氣急敗壞，他一直覺得自己拿到一手好牌，卻拿不到最關鍵的那張牌，讓他惱火。雖然勇佑催他起身，但成俊一把將他推開。

這時，勇佑用不安的目光盯著成俊道：「再打三十分鐘就起來，知道嗎？」然後消失在別張賭桌上。

‡

「所以你就被人用這種方式蠶食鯨吞，因為火大又帶著巨款跑去賭，然後你拿了一手好牌，但對方的牌更好，所以就把帶去的錢都輸光了。你又想把錢贏回來，就一直進出賭場，一直輸到現在失去的金額太大，有可能會被你爸發現……所以想來拜託我，去幫你把錢贏回來，就是這樣吧？」

第一天的情形還沒講完，花英卻像機關槍一樣說著，又叼起一根菸。見狀，奎元面無表情地替花英點菸。

「喂，我還沒講完……」

「事出必有因，誰的人生沒一點波折呢。所以，你輸了多少錢？」

花英冷冰冰地打斷他的話。一想到花英有可能幫他，成俊的臉色明顯一亮。相反的，奎元雖然面無表情，內心卻覺得很意外，因為他沒想到花英對賭博有一番獨到的見解。

「你願意幫我嗎？」

成俊的話讓花英蹙起眉頭。

「我在問你輸掉了多少錢。金額多少？」

「……十四億。」

同時收到花英跟奎元震驚的目光，成俊羞愧地低下頭。花英搖搖頭道：

「你要把那些錢都拿回來幾乎是不可能啊。」

這讓成俊倏地抬起頭，「憑你的實力也不行嗎！」

聞言，奎元用微妙的目光看向花英。

初次見面時，花英是一個貌美如花、彬彬有禮的青年。一週後，他得知了花英是羞恥遊戲的高手，是一位支配者。一個月後，他了解到花英不僅擅長打架，還是個生氣就會舉起拳頭揍人的熱血青年。真是個變化莫測的主人。

「你以為十四億是隔壁家小狗的名字嗎！」

花英冷酷地忽視成俊迫切的目光，站起身，「麻煩你不要再拿別人的臣服者當藉口，一直來挑逗別人的臣服者，還有事沒事就進出別人臣服者的工作場所。作為那位臣服者的主人，我很火大，同樣身為支配者，我也實在看不下去。」

在花英不斷強調「別人的臣服者」，打算離開的那一刻，成俊抓住他。

「如果你肯幫我，」成俊的聲音在顫抖，「以後沒有你的允許，我不會再出現在你的臣服者附近。」

聽到成俊這麼說時，奎元覺得這條件真讓人啼笑皆非。誰會答應這種條件啊？要開條件也要動腦想想啊。

奎元這麼心想，但花英似乎不這麼認為。本來不跟奎元打聲招呼就想直接離開的花英聞言，往後瞥了一眼。

「不會再出現在他附近？」花英再次確認。

「沒錯，就算遠遠看見他，我也會避開。」

不論是成俊說話的表情，還是花英確認的表情都十分認真，讓奎元感到傻眼。為什麼要如此慎重其事地確認跟回答這種事？

花英最近飽受工作摧殘，別說玩遊戲，就連睡眠時間都減少了。他停在門前算了一下，然後轉過身。盯著成俊的花英揉揉後頸，瞥向還站在他座位旁的奎元，然後嘆了一口氣。

「該死的。」花英輕聲罵一句，「麻煩你，要闖禍也挑我有空的時候，具成俊。」

花英這麼說完，走回沙發旁。花英一動，奎元就聞到淡淡的尼古丁氣味，散漫的態度很有魅力，看起來冷酷無情的冰冷臉龐更讓奎元的背脊發麻。

什麼時候能被他蹂躪呢？奎元面無表情地看向花英的手指跟嘴唇。

不曉得花英有沒有感受到奎元的視線，他泰然自若地靠上椅背，命令道：「說來聽聽。」

成俊再次開始講述經緯，但他說的跟花英說的沒兩樣。勇佑低聲囑咐他「只能再打三十分鐘」後離開，大約過了二十三分鐘，成俊拿到了四條。這是第四次發牌後拿到的四條，也是成俊來到賭場後，拿到的第一副四條。

成俊適時地喊跟注與加注，竭盡心力不讓其他人輕易「死亡[4]」。成俊覺得這是鐵定會贏的牌，雖然不太清楚別人的牌面，但他們的牌一定不怎麼樣。

但是最後亮牌時，擁有四條的人不只他。

4 死亡：這裡是指放棄遊戲，也稱為棄牌或蓋牌。

「第四次發牌的時候，你拿到四張二……那女人的四條呢？」

「她是第五次跟最後一次時拿到七的四條（同為四條時，數字較高者獲勝）。」

「……勇佑哥為什麼不跟你坐同一桌？」

「我那桌是七張撲克，哥說他不喜歡玩。」

花英反問：「賭場有七張撲克？」成俊聽了，聳聳肩說：「一般的賭桌有，聽說ＶＩＰ賭桌不太會玩。」

花英露出為難的神情，似乎沒有玩過七張撲克。

「不過，這換個遊戲就好了。然後呢？」

「當然搞砸了啊……哪有什麼然後。」

聽到成俊的話，花英眨眨眼，手指不停敲著桌面，動了動腦袋後對成俊說：「給我幾天時間。」然後站起身。

花英一看向奎元，奎元立刻將花英的公事包遞給他。

「哥，有時間嗎？」

花英問。那張臉上微微帶著殘酷的笑容，使奎元垂下眼。

雖然花英誇大地說「你送我一程吧，我快累死了」，表情卻冰冷至極。

並非只有奎元察覺到那張笑容底下藏著的興奮，成俊目光平靜地看出了花英對他的戒心，默默轉過頭。他好寂寞，他只能看著別人玩遊戲的錄影帶打手槍，某對情侶卻狂撒狗糧啊。

「我等你電話，先走了。」

成俊剛站起身，花英就威脅他：「我還沒說要幫你。」

但成俊知道，花英如果不幫他，一開始就會拒絕了。成俊敷衍地搖搖頭，從花英跟奎元中間穿過，朝門口走去。從花英討厭麻煩的個性來看，似乎是真的覺得這段時間一直對奎元示好的自己很煩。

成俊本來有一半是為了捉弄他們……沒想到推波助瀾的力道會這麼大。成俊咂嘴一聲，走出門後，身後的門就「砰！」的一聲關上，有什麼東西撞到了門上。

這是要在辦公室裡玩嗎？某些人這麼熱情，真羨慕啊。成俊突然想起自己最後一次玩遊戲的日子，拿出手機來。只要花英插手，這件事應該會有結果，如果連花英插手都沒用，那他擔心也沒用。這麼一想，成俊就放心了。他最近沉迷賭博，都沒心思玩遊戲。他心想今天得玩得激烈一點，打電話給好欺負的臣服者。

跟聽著單調的機械聲、離開辦公室門前的成俊不同，奎元整個人貼在門上。

花英吻著他，用雙手捧著奎元的臉，熱情地纏住他的舌頭。花英沒抽幾根菸，身上飄散出淡淡的尼古丁味，奎元嗅著宛如冰冷冬風的嗆辣氣味，接納著花英的舌頭。

花英的右手往下滑，在奎元感覺到花英的手指觸碰到他的那一刻，釦子解開了。花英的手像掠過一般往下移，把釦子解開，從奎元的西裝褲裡拉出白襯衫，然後放下來。

為了不讓花英太辛苦，奎元半屈著膝，一把抓住花英的腰後往自己的方向拉。

「我真的……」花英的舌頭舔過奎元的嘴唇，「因為哥，我真的快瘋了。」

即使是在朦朧意識中聽見這句話，奎元的臉上仍閃過一絲不安。花英皺起鼻子笑了，之後豎起牙齒啃咬奎元的嘴唇，慢慢刺入嘴唇的牙齒隨著時間流逝，越扎越深。

清楚地感覺到自己的嘴唇裂開，奎元眨了一下眼。血腥味取代甜美的體香，在兩人之間漂蕩。花英的牙齒稍微退開，之後伸出舌頭故意挖弄傷口，用舌頭把血抹到奎元的舌頭上。

奎元因為那道發麻的傷口，微微發出呻吟時，花英笑了。

「哥太漂亮了，會讓人想對你做各種不可言喻的事呢。」

雖然奎元一直都這麼認為，但花英的口味真的很特別，而且總是非常有自信。如果是其他人大概會很難為情，無法說出上天都會感到害羞的話，花英卻能非常輕鬆地說出口。這是虐待狂的本能嗎？還是天選之人特有的傲慢？

花英目光銳利地仰望著稍微陷入沉思的奎元，當奎元察覺他的視線往下看時，花英露出一個微妙的表情。

「花英先生？」

花英的眼睛動了動，看著奎元的某個部位，但奎元無法精準地看出那道目光在看哪裡。

花英將手伸進奎元凌亂的褲子裡，豎起指甲，慢慢刮過奎元的大腿。

「呼唔……」

奎元微微發出呻吟。花英的指甲刮過昨天鞭打過的大腿，讓奎元起了雞皮疙瘩。

奎元靠在門板上品嘗著這股痛楚，身體顫抖，花英則咧嘴一笑。跟他燦爛的表情不同，花英的指甲再次刮過奎元的傷口。那股痛楚就像在搔刮神經，讓奎元抬起下巴喘息。

奎元抓著花英的肩膀，顫著身體品味痛楚。而花英舔舐著奎元的下巴，低聲道：

「這表情跟你射精的時候好像……」

花英的話讓奎元露出難為情的神情。他露骨地欣賞著那副表情，然後扯下奎元的褲子。褲子一被扯下，奎元不安地對上花英的目光。奎元認為在辦公室裡做這種事是公私不分的行為，身體一僵，而花英看到這樣的他，猶豫片刻後果斷地開口：

「這是你讓我這麼嫉妒的懲罰。脫掉。」

聞言，奎元垂下目光。

他在害羞。花英想嘲諷奎元的反應，但他老實地往後退了一步。

雖然在辦公室做這種事讓奎元很擔心，可是在辦公室做，會讓他變得比平常更敏感。花英想善待沒辦法盡情哭泣，渾身發抖的戀人。

被花英一扯並推向辦公桌，趴到桌子上的奎元很自然地張開雙腿。他不喜歡背後式，因為這樣看不到花英高潮的表情，可是，他現在興奮到心臟怦通亂跳，說不定會心跳停止。奎元懷著忐忑不安的心情，努力回想門是否有上鎖。

門上鎖了嗎？萬一門被人打開了該怎麼辦？他現在朝著門口高高翹起臀部，花英卻連衣服都沒有一絲凌亂。他們的服裝差異讓奎元看起來更悲慘，讓他更興奮了。

當然，花英已經確認過門上鎖了，悠悠哉哉地命令道：「打開。」

聞言，奎元的手繞到身後。熟知要領的手指快速移動，他插入手指，像在撫摸穴口般進進出出，並增加手指的數量。不久後，花英直望著撐開的甬道內側。

呼——花英吹了一口氣，奎元的背猛然一顫，但依然維持著一開始的姿勢。

花英覺得他表現不錯，將嘴唇貼到奎元一直都有好好清理的穴口上。這是他們交往一年多以來，花英第一次用嘴唇觸碰這裡。

果不其然，奎元往前逃了。看到奎元一臉詫異地看著自己，花英心裡有點不是滋味，因為現在想想，他在愛撫奎元這方面好像相當吝嗇。

也是，畢竟他很敏感，也很會哭，沒有這個必要。

花英沒有懲罰逃跑的奎元，反倒對他露出笑容。

「再弄溼一點。」

聽到這句話，奎元再次插入手指，非常小心翼翼。他再次打開後穴，在花英面前展露出來。

花英將奎元的身體困在懷裡，仔細地往內看。奎元的後穴不停發顫，能稍微看到的鮮紅黏膜正在不斷收縮。由於昨天久違地玩了一次，穴口腫起來了。

「會痛嗎？」

聽見花英的話，奎元搖搖頭。花英的手指從奎元的手跟皺摺之間滑進去，乾澀的例行性確認更加刺激奎元。奎元的腰輕輕往後一推，花英的手掌就狠狠打上奎元的屁股。

「哈啊！」

比起痛苦，更近似於快感的疼痛讓奎元拱起背，花英則抓著奎元的頭髮要求：「忍著。」

花英壓抑著興奮，動了動手指後抽出來。他一把手伸到奎元面前，奎元就熱情地舔著花英的手指。一開始這麼做是為了幫射精後的性器做善後處理，要奎元將手上沾到的液體舔乾淨，但漸漸變成了十分煽情的行為。

花英本來就對調教他人沒什麼興趣，他真正唯一調教過的臣服者就是奎元，所以花英有時候很好奇，奎元比之前交疊過身體的任何一個對象還主動、順從且技巧優秀，這究竟是他調教得好，還是奎元天賦異稟？

「太勉強了，算了。」

花英的聲音變回平常溫柔深情的語調。

聽到花英叫自己把衣服穿上，奎元想要照做，但是他的手不停顫抖。因為他太興奮，甚至感到一股寒意。

要哀求花英嗎？奎元腦袋發愣，把衣服撿起來時苦惱不已。他的後穴有那麼腫嗎？他剛剛摸過，覺得沒那麼腫啊。但是花英已經宣布停止遊戲了，奎元無話可說。尤其花英是為了他的身體著想才停下來，他就更不能提出要求了。

在一旁看著奎元的表情，花英呵呵一笑。

「真下流的表情。」

花英的指責讓奎元咬緊嘴唇，轉過頭看向掛在辦公室裡的鏡子。鏡中的他和以往一樣，頂著冰冷可怕的表情。

然而，花英跟著奎元的視線看向鏡子，問他：「真的很色吧？」

奎元沒有回話，但花英從他的表情中看出他完全沒看出來。花英的手指在奎元的眼角輕輕一壓，道：「這裡。」

然後戳戳臉頰。

「這裡。」

最後碰上嘴唇。

「還有這裡，都紅了。」

奎元再次看向鏡子，看不出個所以然，只是像以往一樣，一臉凶狠而已。

「這幾個地方多了一點微妙的顏色，讓我覺得很可愛。」

花英這麼說著，手指在奎元還赤裸裸的臀部上滑動。當手指伸入股溝，插入甬道的那一刻，奎元的背脊一僵。花英的另一隻手則環住奎元的腰，從背後推了推，奎元只能夾著花英的指頭走到鏡子前。

花英在鏡子前說：「你仔細看。」然後動起手指。

他的手指巧妙又激烈地在甬道裡攪動，低聲道：「變得更紅了。」

奎元的雙腿發顫，雙手撐著牆，把額頭貼在鏡子上喘氣。

「喂，不能別開視線啊，再看著鏡子。」

聞言，奎元抬起頭，清楚地看見自己臉頰泛紅，那抹紅暈顏色非常淡。

花英說著「當然……」，將手指插入奎元會感到舒服的深處。

聽見奎元發出「啊啊！」的呻吟，花英接著說：

「……不像這裡一樣紅。如果你臉上的紅暈這麼紅，我會忍不住的，真令人為難。」

「花英先生……」

奎元用壓抑的聲音呼喚花英，受到鍛鍊，以結實肌肉構成的一雙長腿不斷顫抖。

奎元不管不顧地張開雙腿，將臀部往後推，腰微微擺動。

花英制止奎元扭腰，責備他：「已經溼了呢，真淫蕩。」

鮮明地感受到花英手指移動的感覺，奎元癱軟無力地承受著這份快感。

「別夾緊，別感受手指的動作啊。」

奎元想依照花英的要求放鬆，可是他越想放鬆，注意力就越集中到後穴，不自覺地收縮起來。跟花英同居的這一年來，奎元受到了調教，完全符合花英的喜好，其中一項就是要緊緊夾住插進來的東西。如今要他下意識地別做出這過於理所當然的行為，讓奎元更加心急。

「夾緊。」

花英的命令宛如寬宏大量的許可。奎元一夾緊花英的手指，花英就輕聲呻吟。

「呼……這裡真的……好棒。又熱又柔軟……好像在纏著我啊。」

花英每次開口，奎元就會把臉頰貼在鏡子上喘息，開始期待花英增加手指的數量。

「哈啊……啊嗯！」

奎元發出花英應該會喜歡的呻吟聲。充滿男人味的男中音拚命發出鼻音的模樣太可愛了，作為報答，花英咬上奎元的後頸。

花英用力一咬，奎元就輕聲呻吟：「好舒服……呼……啊……啊啊嗯！呼、啊！啊……還、還要，花英先生……花英……先生，啊！那邊再來……」

花英殘酷地在不停喘氣的奎元耳邊問：

「是要再深一點？再多一點？還是再粗一點的東西？說清楚啊。」

聞言，奎元用羞恥不已的表情道：「花英先生的東西……呼！啊啊啊……！」

可是花英不放過他。

「我的東西是什麼？」

‡

花英的手指增加到三根，在三根手指不斷淫穢地進出時，奎元貼在鏡子上哀求道：「花英先生，不、不行……啊，我，再……唔！呼啊！啊嗯！我，沒辦法再……」

鏡中的奎元跟鏡子外的他身體緊貼在一起。花英看到他淫蕩地磨蹭胸口的模樣，舌頭舔過嘴唇。雖然穴口紅腫，但已經夠溼了。

仔細想想，奎元幾乎一開始就可以不抹潤滑液就插入。雖然其他部分都很生疏，唯獨後穴已經很熟悉了。

「請給我肉棒……！」

花英一直玩弄奎元的後穴，最後使奎元忍不住吐出這個詞。在別人不停說著老二、大屌這些字時，奎元光是要說出「肉棒」這兩個字就花了這麼長的時間。

花英搖搖頭說：「下次用更赤裸的詞。」出了作業給他，並將龜頭抵上穴口。

花英像要進來又不進來，讓奎元低聲道：「快點……呼！快一點……快……拜託您，快點進來……」聲音急切到像在祈禱。

身體極為敏感的奎元等著花英插入體內，乳頭在冰冷的鏡子上磨蹭。

「都快流出來了，怎麼這麼不知羞恥。」

花英一邊斥責他，一邊慢慢將分身插入甬道。他嘴裡不停罵著：「像是抹了潤滑劑一樣黏糊糊的，你這屁股根本不知羞恥，扭腰的模樣也好淫蕩。」然後慢慢頂進奎元體內。

比平時還腫的後穴看起來就像噘著嘴一樣煽情，但奎元完全沉浸在遊戲裡了，花英不能讓他受傷。

不久後，完全插入的花英折磨著奎元，說：「夾得好緊，你就這麼期待嗎？你現在不是不用後面就無法射精了嗎？」

奎元聽了之後更加心急，分泌出更多汁液，讓花英順利抽插。

「不過說得也是，哥光是被我輕輕舔一下乳頭，就會哭著呻吟啊。」

聞言，奎元貼在鏡子上扭著腰，他快要高潮了。緩慢抽插著的花英抽出性器，讓奎元跪下來。

「你不是喜歡我高潮的表情嗎？這就當作是我賞你的吧。」

花英一將不停滴下液體的性器推到奎元面前，奎元就迫不及待地含進嘴裡。雖然很害羞，但花英講的是事實，他最喜歡花英高潮時的模樣，比任何一種刺激還喜歡。

就快高潮前，花英低聲說了一句「要射了」。在花英達到高潮、渾身顫抖，並在嘴裡噴濺出精液的那一刻，奎元閉上了眼。明知道不可能，奎元卻覺得從花英體內射出的液體甜美無比，甚至使腦袋發麻。

‡

「哥，你撲克牌打得怎麼樣？」

花英用黏糊糊的視線舔舐著正在穿衣服的奎元，彷彿奎元正在跳脫衣舞，並用跟視線截然不同的淡然口吻問道。

「我只知道規則。」

「……你不是傭兵出身嗎？至少會一點吧？」

「我同事打得很好。」

聞言，花英躺在沙發上摀住臉，「慘了，我原本還很相信哥呢。」

聽見花英的話，穿好衣服的奎元走過去，露出微妙的表情。

「您也不會打撲克牌嗎？」

「是會打一點，但只靠我一個是不行的。」

花英撐起身體拍了拍沙發，奎元坐了下來。花英躺到奎元的腿上，閉上眼。

「我得想一想。」

花英這麼說完，馬上發出均勻的呼吸聲，讓奎元慌了。

「花英先生？」

就算奎元喊他，花英也許是睡沉了，還是沒有醒來。奎元抬起花英的頭，小心翼翼地放到沙發上，替花英蓋上自己的大衣，之後關燈離開辦公室。

他一出來，拿著文件走來的經理就語帶疑惑地喊了一聲：「社長？」

「我們去包廂處理吧，請別讓任何人進我的辦公室。」

奎元這麼說著，移動步伐。由於奎元的身型過於壯碩，身邊路過的男人看起來都很嬌小。經理為了配合他的步伐，小跑步地拿起對講機下達指示，不讓任何人進入社長室。

奎元踏入空包廂，經理剛把資料放下來，就響起一陣敲門聲。

「奎元哥。」

工讀生素熙嘻嘻笑著走進包廂。

「不能預支薪水。」

奎元頭也不抬地打斷她的話後，素熙噘起嘴，「我又沒有預支過多少次……」

聽見她碎念，奎元堅決地斷言：「這半年來，每個月都預支過薪水，一次都不漏。您再這樣下去，我會很為難。」

「我又不是預支完薪水就跑了，別把我說得好像奇怪的女人。」素熙嘀咕道。

「對，但是您在這裡工作半年，我們卻支付給您七個月的薪水也很奇怪，所以不行。」

奎元冷酷地拒絕。但素熙不放棄，瞪著奎元。

看著兩人對峙，經理搖了搖頭。明知道那個男人是什麼樣的人，這些女人反倒十分理直氣壯。女人會本能性地看穿男人的內心，可是男人不一樣，男人不管過了多久，都敵不過視覺上最粗淺的外貌。

「我家沒米了！」素熙大喊。

「請您去跟廚房拿。」奎元拿起文件堆最上面的文件，甩了一下，漫不經心地回答。

「我不會煮飯。」

「請您去跟廚房拿。」

「我也沒有菜可以配。」

「請您去跟廚房……」

素熙跟奎元同時望向對方，發現彼此都不打算好好談，都露出尷尬的表情。不久後，奎元把目光轉回文件上，素熙則看著地板片刻，又抬起頭。社長不讓她預支薪水，她怎麼可能能接受。

「我真的非常需要這筆錢。」素熙低聲哽咽。

奎元知道那是裝的，裝作沒聽到，反倒冷漠地拒絕道：「不行。」

素熙皺著眉離開。聽到門被甩出巨大聲響，奎元也沒看一眼，在文件堆裡東翻西找。

「我們還得僱用兼職人員嗎？」

聽見奎元的問題，經理嘆了一口氣。店裡僱用了四名女工讀生喬裝成顧客，但奎元總是想開除她們。奎元的經營理念是他們經營得好，客人自然就會上門，在某方面來說，確實是如此。但是男人跟女人不一樣，如果他們店裡有漂亮妹子的消息傳出去，男性客人就會再次上門消費，這時就能達到宣傳效果。客人總得上門消費，才知道這家店好不好啊。

「我覺得這種行銷策略確實有它的道理，但……我們已經不需要耍這些小把戲了。明年開始請把這部分整理好。」

聽見奎元的話，經理低頭道：「我明白了。」

‡

「棄牌。」

花英扔出牌卡，成俊則看向奎元。那道目光讓花英胸口發疼，他閉上眼。

你真的病得不清啊，尹花英，別這麼幼稚。
在這期間，奎元似乎在慎重思考。他看了一會，小聲道：「跟注。」
亮牌時，成俊是一對，奎元是兩對。
「兩對勝利。」
話一出，成俊咂嘴一聲。
他們三人開始每天晚上打牌，已經一個星期了。每次都是以一百萬韓元為上限，但贏牌的都是奎元。一開始成俊還以為這是他們兩人的某種默契，但之後馬上就理解了花英的意思。
奎元會贏牌並非靠他的打牌實力，而是有花英在一旁輔助。雖然成俊為了看清花英是用什麼手法，瞪得兩眼通紅，卻完全看不出絲毫異常。
「我完全搞不懂。」
成俊輸光一百萬韓元時，奎元立刻開始整理牌，花英則悠哉地坐下來嘲笑他。
「如果會被你這隻肥羊看破手腳，我就該出去死一死了。」
成俊皺起眉，覺得花英的態度比平常還尖銳。他今天又幹了什麼事嗎？
花英每天的心情都會有些許起伏，主要取決於成俊怎麼對待奎元。如果花英滿意那天成俊跟奎元相處的情形，成俊的心情就不會很糟；如果花英不滿意那天成俊跟奎元的相處情形，成俊就會被氣得跳腳。花英澈底將成俊玩弄於掌心。

花英喝著奎元泡的咖啡，搖搖頭道：「哥表現得很好，但你真的不行。你這次如果把錢贏回來了，就別再接近賭場了。我這輩子第一次見到像你這麼不會賭博的人。」

我今天對金奎元做了什麼？成俊對花英荒唐的尖銳態度感到困惑，但表面上泰然自若地笑了笑。他是喜歡奎元，可是沒有喜歡到真的想跟花英反目成仇的地步，他對奎元反而是一種捉弄。他也不是閒閒沒事就去這家夜店，而是他的臣服者經常去，但是已經擺出戒備態勢，繃緊神經的花英肯定聽不進去，所以成俊只喝著咖啡。

當然，他確實希望金奎元可以到他身邊，他想看看金奎元不為人知的一面。他不想透過模糊不清的錄影畫面看他，想仔細欣賞一番。他想確認這個人的價值，為什麼讓花英如此著迷，而且金奎元真的是個不錯的男人。

成俊之所以對奎元感興趣有很多原因，不過，那都不是愛情。花英因為他之前稍微越界，就把他當成拚命追著奎元跑的跟蹤狂。雖然他覺得非常不甘心，但花英也不是無中生有、捏造事情汙衊他，所以他只覺得委屈。

「我的賭博技術就那麼差嗎？」

聞言，花英噗哧一笑。

「對，平常很會控管表情的臭小子，怎麼一拿到牌，那張臉就像布告欄一樣？你拿到的是一對、兩對還是三條，全寫在臉上了。」花英補了一句沒用的安慰，「不過，像你這種平常嘻皮笑臉的傢伙，表情控管確實是比較差。」
不，與其說是安慰，更像在耍心眼到最後一刻。成俊臉色發青地咬著香菸。
「現在要怎麼辦？一直這樣玩到我實力增長？」
聽到成俊的話，花英搖搖頭，「要想想其他辦法。」
花英壞心眼地補了一句：「要等到你實力增長，我大概已經先死了。」
他看起來一臉疲憊。看著花英消瘦的臉龐，奎元心疼不已。花英在今年初升官了，然後變得更忙碌，連日常生活都無法好好管理，還得抽出時間照顧奎元。
奎元無法理解花英為什麼非得接受成俊的要求，嘆了一口氣。花英不相信自己嗎？他這一年來，始終遵照他親愛主人的命令，避開成俊，都沒跟他講話。可是，花英為什麼要做這種事？
花英跟成俊一起站起身。最近花英太會找碴，讓成俊畏手畏腳，只敢向奎元行注目禮。
花英燦爛一笑，「哥，我們清晨見。」
每天晚上成俊都會帶花英過來，再送花英回去。
奎元若無其事地點點頭，內心卻對成俊跟花英一起行動感到有點不舒服。
「奎元哥！」
花英疲憊至極的視線抬起，看向那個不曉得有客人就這樣闖進來的女人，而奎元拋來不關己事的目光。

他想起上次的聖誕節，至今仍然令人害怕的詛咒電椅。這不曉得是誰為椅子取的綽號，有夠貼切。要他坐上那張椅子，還不如叫他坐到真正的電椅上。

「啊……？那個，對不起……」

「沒事，我們忙完了，現在正打算離開。」

花英燦爛一笑，往門邊一閃，為素熙讓出通行的空間，同時看向悄悄轉過頭的奎元。

雖然奎元臉上笑著，但花英從他的表情中看出微妙的問題。這是奎元跟花英交往以後，第一次什麼都不說，只勾起微笑而已。那抹笑容讓花英的視線瞬間變得冰冷。

「尹花英，我們走吧。送你回去之後，我也該回家了。」

「啊，是該走了。那晚點見了，奎元哥。」

你死定了——花英的表情彷彿在這麼說。但完全沒有做錯事的奎元只是直看著花英。

坐上電椅的聖誕節前一天，也就是去年平安夜的時候，奎元無法理解花英的憤怒。跟女人聯誼的人是花英，他跟具成俊也只是為了公事碰面的關係，但當時不管他做什麼，花英都不在意，只為了他跟成俊兩人單獨見面氣得直跳腳。

不公平。奎元在心裡對位如天高的主人抱怨，你是個做事總是不公平的獨裁者。

奴隸在心裡問自己：你不就是喜歡他這點嗎？你不就是對他的獨裁和那張美麗的臉蛋深深著迷嗎？

奎元回答：「話是這麼說沒錯。」但他的心卻開始作痛。

「家裡見。」

花英說完就轉過身。

素熙對看著花英背影的奎元說：「奎元哥，那個……」

「如果是預支薪水的事，不行。還有，」奎元罕見地繼續說，「請不要再這樣闖進來。」

聽出奎元話裡的果斷，素熙一臉慌張，聽見自己眨眼的聲音。

雖然奎元發現沉默籠罩著辦公室，安靜到連睫毛搧動的聲音都聽得見，但他絲毫不打算顧慮素熙的心情。

剛開始戀愛時，一切都那麼美麗，但一旦動了真心，卻覺得距離變得更遙遠了。

花英離開奎元的視線內，坐上副駕駛座後，成俊彎腰欺近花英，幫他放倒座椅。

「睡一下吧，你臉色很糟。」

「好。」

花英用手臂蓋著眼睛，敷衍地應了一聲。

「你跟金奎元交往得不順利嗎？」

成俊踩下油門時問，花英就用厲聲回答：「不順利的話呢？你要介入我們之間嗎？」

聞言，成俊咬緊唇。

「喂，我趁這個機會跟你說清楚，我確實是對金奎元有點興趣。」感覺到宛如利刃的視線刺上側臉的同時，成俊轉動方向盤，「但是，我覺得那份感情不全然是愛情。」

「你這不是在說其中也包含了愛情嗎？」

花英戳中成俊的痛處。

「話是……這麼說沒錯。」

成俊坦白地承認後，花英冰冷地說：「我覺得你可以再多說幾句，前提是你有機會把本錢拿回來的話。」

聞言，成俊閉上嘴，然後聽見花英嘖了一聲。

聽成俊長嘆了一口氣，花英用疲憊的聲音問：「對我很失望？」

凡事都照著自己意思走的花英，難得露出這種模樣。

「沒有，是羨慕你。」

成俊講的是真心話，花英卻當成耳邊風。

「我也自己失望到快瘋了。」

花英有氣無力地躺著，燈光一直從左邊車窗外閃過。

看著窗外的車頭燈閃過，成俊漫不經心地傾聽花英說話。

「我明知道不能這樣，卻控制不了自己。我不曉得哥在想什麼。」

有那麼一瞬間，花英感到很不安，好像只要稍微有點縫隙，堤防就會潰堤。不管是性愛還是兩人之間的關係，奎元都只是守著花英，接受花英給予他的一切。而當花英看著奎元時，會覺得只有自己在著急，這像話嗎？

就算花英一直斥責自己，那股不安都沒有消失。

「喂，別在單身狗面前這樣好嗎？你這是在我的傷口上灑鹽。」成俊低聲嘟囔。

「單身個屁，你不是同時有好幾個奴隸？」

花英一下子打斷他的話，但成俊用複雜的語氣回答：「我跟你有點不一樣，我那又不是在戀愛。」

如果支配者跟臣服者相遇後就能交往，該有多好？但事實上，遊戲玩伴很少會真的交往。有時會對對方產生愛情，可是幾乎沒有人像花英這樣，以戀愛關係交往。控制、調教跟服從，大部分的玩伴之間只有這些關係，為了向支配者報告而連繫，為了玩遊戲而碰面，僅止如此。即使對對方有愛，也很難稱為戀愛。

「金奎元不是也喜歡你嗎？」

如果不是這樣，不可能會躲避他整整一年。成俊的話讓花英噗哧一笑，看到花英不安的笑容裡帶著一絲滿足，成俊也忍不住跟著笑了。

他心想：談戀愛後，尹花英也變得非常可愛呢。

‡

花英沒有問起關於素熙的任何事情，對此已經澈底做好心理準備的奎元，第一次對花英的態度感到安心，接著又覺得有點不安。

過了幾天，奎元開始有些焦慮。花英不可能就這樣饒過他，但又什麼都沒說。花英的態度跟平時有點不一樣，雖然這是因為他沒心力玩遊戲，不過看起來又像在躲著奎元。

花英的生活沒改變，對奎元也沒有不對勁，但奎元還是覺得花英在躲他，而且不是他的錯覺。

「哥，您退出吧。」花英雖然笑著，但聲音非常堅決，「反正這是成俊的事……跟您沒關係，所以您別管了。」

他被排除在外了。

成俊憐憫地看著奎元瞪大眼睛。花英跟一般的支配者有點不一樣，準確來說，他想支配對方的欲望顯然很低。不對，大概是因為他們家的關係，他無需支配特定對象。花英從小就毫無保留地對家人發揮了支配欲，所以他無須執意對奎元這麼做，從一開始玩遊戲的時候，花英就不打算支配他。這項特質起了關鍵作用，讓花英看起來像是很有風度的支配者。

但是，主僕關係跟遊戲玩伴又有所不同。除了遊戲之外，臣服者的內心也會期望受到支配者的束縛。從奎元眼裡只有一個人的受虐狂本性來看，他一定受到了很大的傷害。

奎元張開嘴數次，可是花英沒有注意到。

成俊緊跟在走出辦公室的花英身後，小聲問：「這樣不要緊嗎？」

「什麼？」

「金奎元好像很受傷。」

聞言，花英回頭看向他，「受傷又怎麼樣，反正在撒謊這一塊，他完全幫不上忙。」

「其實就算是這樣，金奎元……」

花英用煩躁的口吻低吼，「你別喊哥的名字。」

面對花英神經質的反應，成俊難得露出慌張的表情。

花英看到那張表情，就一臉狼狽地嘖了一聲，然後轉過頭。

成俊看著花英用牙齒緊咬著鮮紅的嘴唇，聽到他緩緩開口的聲音更疑惑了。

「我大概是瘋了。」

「你在說什麼啊？」

成俊馬上搖頭否定他的話，但花英垂下眼，再次開口：

「……我也知道哥很受傷，但是可以的話，我希望他不要插手，所以你別管了。」

花英似乎不打算回答他為什麼說自己瘋了，成俊也沒有追問下去，只問道：「為什麼？」

花英的視線游移了一會。他們佇足在樓梯上，服務生們穿過他們之間上上下下。在這麼忙亂的空間裡，花英小聲地回答：「因為很危險。」

「什麼？」

「要把錢贏回來是很讓人苦惱，但能不能把那筆錢帶出來更讓人頭痛。我不希望他摻進這麼危險的事裡。」

「那個人之前是你的保鑣！他可是我們三人之中，最適合做這件事的人選！你現在說這個像話嗎……」

花英用可怕的眼神瞪著指責他的成俊。

「我不曉得你是怎麼看待奎元哥的，但對我來說，他是我必須保護的對象。而且，從你嘴裡聽到哥的名字讓我很不爽。你不准提到哥的名字。」

我大概是瘋了。

花英用跟剛才說那句話時一樣的語氣，在心底又說了一次，臉上充滿自嘲的神情。他明知是在強詞奪理，卻還是對奎元說了那句話。

「善良的虐待狂不過是偽善，你根本傻了吧。」

成俊嘟囔道，而花英轉身下樓並回答他：

「是啊，我傻了。如果哥對我來說只是個臣服者，我也不會這麼做。但他對我來說是很特別的男人，不管別人怎麼說，我也會繼續裝模作樣。」

即使沒有外人反對，花英跟奎元的戀情也如履薄冰。

成俊跟上花英，對「虐待狂跟受虐狂的戀愛」這矛盾的關係感到厭煩。

他羨慕的這對戀人，拚命地在完全相反的本能與愛意之間掙扎。

我也有點想拚命掙扎一次啊。成俊在心裡嘀咕。

他們兩個在他這個失去錢財的單身狗面前，演什麼情深似海？果然，不管這對情侶有多辛苦還是什麼，在單身狗的心裡，他們就是一直在傷口上灑鹽。

‡

早上七點，開門走進家裡的奎元，剛好跟起床喝水的花英對上眼。

奎元一臉呆愣地對上花英的目光。他必須脫掉鞋子進去，卻不想進去，馬上就想轉身逃出這裡，但身體如同在死巷裡遇到死敵，開始不停顫抖。

花英用貪婪的目光看著奎元，那目光相當傲慢。他的頸部線條細長、鎖骨線條鮮明，從無袖T恤跟褲子之間顯露出人魚線。

驚慌地看著花英的奎元再次抬起頭時，花英走了過來。拿著杯子走過來的花英好可怕，好像會說出什麼話來。

從花英嘴裡說出來的每句話，對奎元而言都像是宣告。手裡掌握著奎元命運的花英走近而來，遞出杯子。

「喝掉。」

奎元完全不渴，但是花英的命令讓他覺得自己渴了。

奎元接過杯子慢慢喝下水。花英的手指伸過來，抬起奎元的下巴，然後碰上奎元凸出來的喉結，使奎元打了個冷顫。

「慢慢來。」

按照花英的要求，奎元慢慢將水吞下。他一點一點地喝下時，花英的手指更大力地往內壓。奎元沒辦法呼吸，水幾乎都流到嘴唇外了，好不容易才把水喝完時，花英笑了。

「真可愛。」

花英用有點疲憊的聲音低聲道，奎元則面露恐懼。花英曾在奎元以外的臣服者臉上，看過這樣的表情好幾次。被支配者拋棄前，臣服者會露出這樣的表情——因為過於害怕，想乾脆把眼睛閉起來，臉色蒼白。

「奎元哥(Oppa)。」

花英笑著說出這個詞時，奎元心想該來的還是來了。雖然他沒有做錯任何事，但在這段關係裡，他的意見肯定一點也不重要。他是花英的奴隸，而這條路是奎元自己選的。

「她是誰？」

花英問得雲淡風輕，表情卻非常銳利。

「……她是工讀生。」

「那你是社長吧？」

「那些女性……有時候會那樣叫我……」

奎元含糊地說道。奎元不太在意別人是怎麼稱呼他的，不過這麼一想，他也不曉得為什麼素熙會叫自己「哥哥」。

花英抱起雙臂，往後退了一步，「把水杯放下。」

聽見花英的命令，奎元把杯子放到鞋櫃上。

「脫掉衣服。」

聞言，奎元開始迅速脫掉衣服。

這副嫉妒的嘴臉真難看。花英盯著赤裸的奎元，自己在內心嘀咕：尹花英，你做的事情真讓人看不下去。即使如此，他的想法也沒有改變。

奎元不可能讓別人看他的身體。像奎元這麼害羞的男人們偶爾會出軌，但奎元無法讓別人看到他的身體，所以他不會出軌。像奎元這麼死腦筋的男人，會拋下花英，投入其他女人的懷抱嗎？這也很荒唐，那真的就像在汙衊奎元。

自己想要的是什麼？花英的唇勾起笑容，陷入沉思。

要完全擁有那具身體，只有殺了對方——唯有破滅才能完全得到他。只是羞辱他、給予痛楚還不夠，那不過是片刻的滿足。花英的虐待狂本能低語著：結束這一切吧，居然說想要保護他？騙子，你想要的只是瘋狂跟毀滅啊。

但是，花英心裡的愛意說了不一樣的話。他真的很好啊，那個人真的很討喜吧？你不想守護他嗎？守護他幸福笑著的模樣。那份幸福明明是因為你，你不想看到他幸福嗎？

脫掉所有衣服的奎元用尷尬的目光，低頭看著花英。

「趴下。」

聽見花英的話，奎元趴了下來，像花英以往教導的將臉頰貼在地上，臀部高高翹起，用令人難為情的姿勢趴在地上。花英在他面前蹲下來，摸摸他的頭髮，十分柔軟。

宛如在尋找頂級獵物的德古拉，如果要毀掉一個人，那花英希望那個人是奎元，他會感到甜蜜，甜蜜到即使往後的人生化為地獄也甘願承受。但是……

「真可愛，可愛到讓人受不了。」

花英的愛讓他對本能置之不理。在愛情面前，巨大的欲望也只會扭曲變形，只能趁隙伸出手來，卻動彈不得。

這個可愛到不行的男人，以充滿力量的肉體在地上爬行，因快感而哭泣，是一隻美麗的貓咪。

花英從奎元脫下來的那堆衣服裡拿起內褲，讓他咬在嘴裡後低聲道：「跟我來。」

奎元像狗一樣在花英的身後爬行，放下心來。

花英沒有要拋棄他的意思，花英的一個手勢、一道目光都會為奎元的命運掀起巨浪，他的一句話能將奎元禁錮得動彈不得，他的指尖擁有能操控奎元的絕對力量。

自己沒有被拋棄——奎元安心的同時性欲大漲。他想被花英虐待，想接納花英的性器，並按照花英教他的方式哭泣。不知不覺間昂然挺立的性器流下淫蕩的液體。

奎元聽從花英的命令，像野獸一樣爬到床上時，花英噗哧一笑。聽見花英的笑聲，奎元回頭看去，他爬來的地上有幾滴水滴。

花英讓奎元向前伸直手臂，在雙手手腕上銬上皮手銬。綑綁奎元雙手的手指很熟練。

「我不是懷疑哥有沒有跟那女人上床，或者你跟那女人是什麼關係。」

花英一邊說，一邊往奎元的後穴塞入肛塞。

「竟然已經溼了，真的很像奴隸呢。」花英用溫柔的嗓音嘲諷道。

奎元因為花英的侮辱，身體發熱，發出「哈啊……唔唔！啊嗯……」的呻吟，將肛塞完全夾住。

花英在早晨的陽光下，冰冷地笑了。

‡

口水從咬在嘴裡許久的內褲上滴落，但奎元完全無法察覺到，他就像嬰兒一樣躺在床上，蜷起身子發抖。

花英塞進後穴的肛塞增加到了兩個。花英說：『多擴張一點也好，想學習夾緊後穴的方法就得先擴張後穴啊。』並塞進兩個肛塞，命令奎元在他去上班的時候就這樣睡覺。

每當奎元收縮後穴，肛塞就會稍微往深處滑。他口渴極了，花英是為了這麼做，才餵他喝水的嗎？

奎元的性器上套著延遲射精套，所以也沒辦法射精。

『太敏感了，我是喜歡性感風騷的貓咪，但照你這樣下去，只是衣服摩擦到身體就會哭出來，所以你最好稍微習慣一下。』

花英這麼說，但奎元無法理解。他接受花英的調教一年，變得比以前更敏感，像這樣待著也只會感到痛苦，花英卻這麼說，太荒謬了。

奎元用臉頰磨蹭著床單，痛苦地哭著。花英如果在家，奎元一定會去哀求他，但是他現在做不到，只能繼續忍著。

被花英擺在奎元面前的手機開始震動，嗡——床微微震動，摩擦著碰到床的性器。如此折磨他簡直狠心至極。

奎元好不容易用被銬住的雙手拿起手機，接通電話，並伸出舌頭，吐掉咬了很久的內褲開口道：「您、您好。」

聲音十分沙啞的奎元耳裡傳來花英的聲音。

『在幹嘛？』

聽到花英問他在幹嘛，奎元不知道該如何是好。花英的語氣很平淡，彷彿認為奎元很正常地過著生活。

『睡了嗎？』

聽到花英理所當然似的聲音，奎元感到更加丟臉，完全說不出話來。

花英問：『為什麼不睡覺？屁股癢嗎？』

這句話讓奎元大大倒抽一口氣。那聲音讓花英愉悅地笑了。

『那又不會動，你就別管它，去睡覺吧。你都可以自己把震動的跳蛋擠出來了，這點程度有什麼好哭的。』

聽見花英笑聲裡的數落，奎元這才發現自己一直發出呻吟。

「呼……呼唔……嗯、啊！嗯……」
感應靈敏的手機就連細微的震動聲都傳遞給花英。
『總之，你真可愛。』
聽見花英的笑聲，奎元小聲喊了一聲他的名字。
「花英先生。」
花英回答：『請說。』
一喊出花英的名字，奎元突然很想問他：您喜歡我嗎？我瘋狂地喜歡著您，您的一個手勢就能將我拉入欲望的泥沼，您的一句話或許就能置我於死地，但您也這麼喜歡我嗎？
可是奎元說不出話，只是不斷呻吟。
花英知道他的身體會這麼敏感，不只是因為受到調教嗎？而是因為「愛情」這兩個字裡包含著數不清的情感，他能察覺到奎元對他的心意嗎？
花英聽著奎元的呻吟聲一會，低聲道：『哥，我對您呢。』
他頓了一下。似乎是通話的靈敏度不好，他說到一半嘖了一聲。
奎元興奮地聽著花英咂嘴的聲音。奎元如果在遊戲途中犯錯，花英就會用他漂亮的嘴唇這樣咂嘴，彷彿在指責他「真拿你沒辦法」，讓奎元非常興奮。
『我……非常愛您，您知道嗎？只是聽到不認識的女人叫您哥哥，我就想掀翻桌子，從朋友的嘴裡聽到您的名字也會讓我火大，我愛您愛到快瘋了。如果我是國王──』花英的聲音靜下來，非常小聲地告白道：『我會囚禁您，把哥囚禁在高塔上，關在就算花一輩子留長髮都碰不到地的高塔上，讓你哭泣。我很壞吧？』

花英的聲音聽起來很寂寞，又帶著奇妙的興奮之情。

我們大概沒辦法用相同的感情來愛彼此。奎元拚命地摸索詞彙──可以表達出自己情感的詞彙。

「花英先生，我……」

『嗯。』

聽見奎元的聲音發顫，電話另一頭的花英笑了。

花英口氣隨意地回答，給了奎元勇氣。若花英用恭敬的語氣回應，奎元也許說不出口。

「您如果叫我去死，我就會去死。」

這句話讓花英陷入一陣沉默。在這期間，奎元突然有個奇怪的想法。他很慶幸現在插在後面的不是跳蛋，如果現在插在後穴裡的是跳蛋或按摩棒，他大概沒辦法這樣誠摯地表達自己，應該根本無法控制呼吸。

「請您活下去。」

奎元聽到這句話，用盡全力轉頭一看，看到花英笑著打開房門。

拉下窗簾、放下手機的花英脫起衣服。

花英怎麼回來了？

奎元努力用茫茫然的腦袋思考，今天是星期幾？可是，他完全無法動腦。

花英脫下衣服。每當纖細的手指觸碰到襯衫，釦子就像施了魔法一樣解開。他從容不迫地脫掉上衣，跟赤裸的上半身不一樣，褲子依舊裹著花英細長的雙腿。

花英將胯下貼到奎元的臉上。當奎元咬開拉鍊，將埋藏在衣物裡的性器含進嘴裡的那一瞬間，花英又將性器抽了出來。一次脫掉長褲跟內褲的他替奎元解開手銬，讓他趴下來。

奎元趴在床上，花英將肛塞拔出來，拿到奎元臉上磨蹭。

「整個溼透了啊，像女人一樣。」

花英的話讓奎元咬緊嘴唇。花英掰開他的唇，低聲道：「你愛咬嘴唇的習慣也要改改，都快沒嘴唇了。」

他讓奎元含著肛塞，「清乾淨。」

奎元將花英遞過來的肛塞含進嘴裡，像在清理花英的性器一樣舔著。

花英用手指壓了壓奎元凹陷的臉頰，笑了。

「變成用舔的了。」

總是習慣收緊臉頰吸吮的奎元害羞得滿臉通紅。

花英沒有錯過這個機會，調侃道：「真下流。」

背靠著牆坐著的花英用頭指向自己的性器，奎元就慢慢跨坐到花英身上，臀部往下推。

兩人對上目光，花英臉上帶著笑容，沉穩的空氣籠罩著兩人。當奎元的穴口稍微含住花英的龜頭時，花英抓住奎元的手，粗暴地頂進去。

「呼啊！」

奎元的腰肢發顫，頭往後仰起。在他含著肛塞的期間，穴口已經乾掉了。花英粗暴地頂入又抽出，讓奎元像受到了衝擊，咬緊牙關。

花英看到奎元的胸口劇烈地上下起伏，將手伸到奎元身後，確認了一下兩人連接的地方，摸到了黏糊糊的液體——是血嗎？花英皺起眉，把手伸到眼前確認那個液體，接著大笑出聲。

他手上沾著乳白色液體，是因為他剛才猛然插入到底，奎元射精了。

當奎元好不容易回過神、睜開眼睛時，花英讓他看看手指。食指跟中指併起又分開，黏糊糊的精液在手指間牽起絲線。

「一個奴隸竟然比主人還早高潮。就算教過你，也沒什麼進步呢。」

花英的話讓奎元縮起肩膀。

「對……對不起……」

這遊戲明明是以降低他身體敏感度的名義開始的，他卻比花英還早達到高潮。明顯的失誤讓奎元十分沮喪。看到他像隻垂下尾巴的貓咪，花英想笑但忍住了，冰冷地板起臉。

「試試看。」

奎元不曉得花英要自己做什麼，抬頭看去。

「動動看。」

他面露慌張地看著花英的臉色，但花英慢慢地向後靠，似乎打算看著奎元動。

奎元最後蹲下來，慢慢動了起來。雖說在花英面前夾著花英的性器自己動的行為非常難為情，但奎元沒有遮住臉，也沒有閃躲。

他望著花英，看著欲望的陰影落在花英華麗的臉龐上，慢慢加快速度。

花英看著奎元抓著自己的肩膀扭腰，伸手抓住奎元的腰。

「你知道什麼是扭腰擺臀嗎？」

聽見花英的話，奎元一邊喘氣一邊搖頭。

「做愛時，女人擺動下半身的動作就叫扭腰擺臀。呼啊……有哪個女人比哥會搖呢？你真是天生就……哈啊……」

花英抓著奎元的腰抽送，而奎元跟隨著花英的引導，開始擺動腰部。

花英教過，要抬起臀部，只含住龜頭，然後滑坐下去。不知何時奎元的性器硬挺起來，開始流下汁液。花英發出露骨的呻吟聲。

「很好……夾緊一點，呼……啊！就這樣，嗯……」

每次動作，奎元都看著花英的表情，一開始服侍花英的行為，漸漸變成了奎元的喜悅。

奎元每次都會頂至自己的敏感點，磨蹭發癢的黏膜，並在抬起臀部時夾緊後穴，往下時緩緩滑下。

由於是由奎元主動，因此速度很慢，動作不劇烈卻反倒十分淫蕩。與平常不同，花英睜開細長的眼睛，因為他人給予的快感而動搖的模樣，讓奎元渾身一顫。

奎元不再動腰，停下來不動時，花英皺著眉抬起頭。

「你……」

奎元的唇貼了上去，他抓著花英的肩膀，用自己的方式慎重地親吻。他輕柔地舔過花英的唇，用舌頭纏上花英的舌頭，而花英也抓住奎元的後腦，激烈地回吻他。

花英取得這個吻的主導權，跟不上的奎元只能張著嘴，承受這個吻。花英推開奎元，依舊占著上風，開始蹂躪奎元的甬道。激烈的動作讓奎元發出慘叫。

「呼啊！啊啊……！花英先生、花……啊啊！啊啊、啊，慢一點……嗯，哈啊！好燙，慢……」

花英突然停下動作，用虎口狠狠掐住奎元的脖子。奎元對上那雙瘋狂的眼睛，因為那道目光和掐緊脖子的行為渾身顫抖，就在他快高潮的前一刻，花英狠狠握住奎元的性器。

「說說看，那女人為什麼叫你哥哥，還對你糾纏不放？」

突然在高潮的瞬間被打斷、追問這件事，奎元眨了眨眼，說不出話來。

他想穩住不停搖晃的視野，花英則粗暴地大吼：「我問你為什麼！」

腦袋這才想起素熙的長相。奎元在呼吸受阻的狀態下，勉強擠出聲音。

「……她要……預支薪水……」

每次說話，喉結就滾動的感覺很舒服。

如果你叫我去死，我就會去死——奎元剛才分明是這麼說的，所以自己這點程度的執著應該不算什麼。花英不停合理化自己的行為，並低頭看向奎元。

這是他的人，可是，他該怎麼表達出這股無法滿足的飢渴和荒謬的悲痛感？

「喊我名字。」

聽見花英的要求，奎元小聲地喊：「花英先生……」

花英搖搖頭，奎元又更小聲地喊了一聲：「花英啊。」

花英再次動了起來，宛如野獸一般擺動腰肢，而奎元陶醉在花英與外表不同的殘酷行為中。

「再喊。」

花英繼續要求。

「花英啊……哈啊、嗯！呼啊、啊……啊嗯……要融化了，好燙……花英、花英啊……不行！啊、我就快……呼啊啊！花……！」

花英抬起奎元的雙腿，在胸口彎折起來，並在奎元的腰完全騰空的狀態下頂至最深處。

感覺到花英一次又一次頂進最深處的那一刻，奎元的直腸被一股暖流填滿。

「哥……」

花英的腰微微顫抖，射出精液。

「奎元哥……」

花英像在確認似的呼喊奎元的名字。直到最後一滴精液流入奎元體內，花英撫摸著奎元的臉頰低聲道：「射吧。」

那一秒，奎元緊夾著後穴的力道放鬆下來。延遲射精套被拿下來，精液從奎元的性器中噴濺而出的那一刻，他的後穴也流出花英的液體，沿著花英的腿流下來。

奎元睜開眼睛的時候，花英用手指沾起噴到他肚子上的精液，嘗了一口道：

「真美味。」

花英如此低語，將手指抵在奎元的後穴，沾起精液後放進嘴裡品嘗，接著眉頭一皺。

「明明是一樣的東西，這為什麼是這個味道？我要消毒。」

花英俏皮地說完，伸出舌頭。奎元不斷吸吮著花英的舌頭，直到花英說可以為止。

花英的舌頭上有精液的腥味，卻又有甜美的味道。奎元覺得，可能對他的舌頭來說，花英的精液很甜美。

‡

「我去洗澡。」

花英站起身，奎元就小聲地呻吟。他被花英用手拍打到現在。

第一是因為他先高潮了，第二是他允許女人稱他為「哥哥」，這兩個錯誤各算五十下，挨打完的屁股就像在燃燒。雖然因為先射精而挨的五十下沒有很大力，但稱呼問題就不同了。花英知道真相後，明顯帶著遺憾地打著奎元的屁股，但奎元覺得花英有點可愛。

不像精緻完美的容貌，花英有著一顆善妒的心。

花英是男人，因此力氣有點大。雖然因為他大力揮打手拍，讓奎元的屁股很痛，但奎元還是一直笑。

「我很好笑嗎？」

髮尾的水滴不停滴落，拿來醫藥箱的花英噘起嘴。奎元搖頭否認，但是花英沒有被他騙到，因為低著頭的奎元肩膀在抖。

「好啊，您就笑吧。我們走著瞧。」

聽見花英被點燃了鬥志，奎元忍不住笑出聲。

花英拿出藥膏，也許是覺得奎元很可惡，一口咬上紅腫的屁股。奎元「啊！」地發出尖銳的慘叫聲後，花英這才壞心眼地說：「不笑了呢。」然後開始幫奎元擦藥。

「我去問了醫生，醫生說放牛肉沒有用。」

花英這麼說著，放上冰手帕。雖然很冰，但奎元什麼都沒說。

其實，奎元非常清楚牛肉一點用也沒有，他只是不討厭看著花英全心全意地照顧自己。花英仔細端詳奎元的身體，往所有傷口上抹藥。

奎元用有些苦澀的目光看著花英用手指戴上保險套，熟練地打開奎元的後穴，清理精液後替後穴上藥，馬上扔掉保險套。

彷彿感受到了奎元露出這種眼神的理由，花英皺眉道：

「用戴著保險套的手指摸你，會不舒服嗎？」

奎元搖搖頭，「不會。」

這句話有一半是假的。奎元的後穴真的打理得很乾淨，但每次花英戴上保險套，他都覺得自己的努力沒有得到回報。但奎元用自己的謊言說服自己，不是戴保險套這個行為本身讓他不高興的。

「之前有個一起玩的臣服者激動地告訴我，手上有很多病菌。所以每當我想起這件事，就會努力想戴上保險套……」花英皺起眉，「觸感不怎麼樣。」

花英就像如果吃了美味的冰淇淋會拉肚子，所以只能吃一支而耍脾氣的孩子一樣大肆抱怨，結果，奎元又忍不住笑到肩膀狂抖。

花英嘴裡說著：「你就笑吧！我們走著瞧。」然後騎到奎元的背上，搔著他的腰。

「你死定了。」

花英一搔起癢，奎元就笑到快斷氣似的閃躲。兩人鬧了一會，最終因為體型跟力氣的差距，花英被奎元壓在身下。

奎元氣喘吁吁地開口：「別搔了……」

花英一把拉下奎元，吻上他。這個吻跟玩遊戲的時候不一樣，甜美又溫柔。奎元將花英困在胸前，身體緩緩倒到花英身上。

兩人的唇分開後，花英低聲問沉醉在親吻裡的奎元：「成俊的事，您也要加入嗎？」

奎元的目光一晃，「我可以參與嗎？」

花英抱住奎元的頭，輕輕一嘆。

「嗯，是可以……但如果以後你說我是壞人就把我甩了，我會跟蹤你到天涯海角喔。」

雖然花英陰森地說著，但奎元又笑了。

當貌美如花的男人說出宛如花海的名字，並伸出手時，崔素熙猶豫地心想要不要跟他握手。她是個談過許多場戀愛，打工時會對男人們欲擒故縱的女人，她在辨別男人這方面有一番獨到的見解。

這男人美麗又有禮貌，可是有不為人知、頹廢的一面。素熙很清楚，這種男人是真正危險的男人，可是當花英對她說：「您對一千萬韓元的短期兼差工作有興趣嗎？」她立刻握住花英的手，速度比光還快。

「那個，不……不是要我挖眼睛去賣……或……或是要我去挖別人的眼珠吧？」

花英對眨了眨眼，講話結結巴巴的素熙露出燦爛的微笑。

「不是……我或許會稍微需要用到妳的手，但妳身體的任何部位都不會有損傷。我再解釋得清楚一點吧？不是販賣器官，更不是賣淫。」花英又補了一句：「非要說的話，比較類似詐騙。」

素熙點點頭，彷彿不管要她做什麼都無所謂。

答應得這麼爽快沒問題嗎？奎元一臉慌張地站在旁邊，但素熙跟花英已經進入只有他們兩人的世界了。

「您會演戲嗎？」
「我大學是戲劇系的。」
「那很好，也很會裝瘋賣傻吧？」
「這是我的專長，請交給我吧！」
花英開心地笑道：「那請您假扮我的母親一晚。」
母親？素熙傻眼地瞪大雙眼。
花英用力握住她的手，問：「您會打撲克牌嗎？」
聞言，素熙一臉呆愣地搖搖頭。
就這樣，賭局成員又多了一位。
那天晚上，花英、奎元、成俊和素熙，四人圍著辦公室的桌子坐著。素熙在這之前，跟花英學了三小時的撲克牌。一開始先學規則，接著跟花英練習交換暗號，她表現得比預期的還優秀，學得很快，讓花英滿意地笑了。
「我們來對一下暗號吧。」
花英撐著腮幫子，用食指按著太陽穴。
「把牌局養大。」
花英咬著大拇指指甲。

「棄牌。」

花英摸摸左邊的耳朵。

「跟注。」

花英摸摸右邊的耳朵。

「加注。」

花英燦爛地笑了。

「我們來正式試試看吧。」

這一個星期來，他們每天從晚上七點打牌到晚上十二點。準確來說，他們不是在享受打牌的樂趣，而是為了練習看花英的手勢，正確回答出暗號。

花英的手勢比得很巧妙，一行人花了很長一段時間確認暗號。加上如果他們看得太久，或是皺起眉頭，花英就會搖頭說不行，所以更辛苦。

接著，出現了比這些更巧妙的暗號。從A到K，他們必須辨認花英的暗號，再打暗號告知花英。因為暗號的緣故，他們不能隨便看手錶，就連轉動眼珠都得小心翼翼。

他們只是依照花英說的去做，花英實際上用了什麼技巧，其他三人根本不曉得。成俊有時候會問：「你做了什麼？」但花英大部分都不會回答。

「素熙，妳看得太明顯了，不能只看一邊。成俊，別老是看牌，看起來很焦慮。哥，你把牌放下來一點再看。不是，稍微把牌尾掀起來，嗯，就是這樣。」

花英一一糾正他們的姿勢。過了一週後，其餘三人發現他們的態度都變得跟花英相似。他們打牌的實力其實無法跟花英相比，但是他們表現出來的態度都變得漫不經心又從容不迫。

他們拿到牌，確認完之後就放在桌上，不隨便亂看，一副高手從容的姿態。確認花英的暗號時，會先一一確認牌桌上每個人的態度，緩慢地移動視線、確認花英的暗號，接著回打暗號並看向自己的牌。如果花英要求切牌，他們切牌後會稍稍錯開牌卡，讓花英握住牌，將牌卡放到花英手上的同時，手也回到原本的位置。

打牌的技巧無窮無盡，而且，花英像操作計算機一樣，整理好了一切。

「你是跟家裡學的嗎？」

最後一天，成俊一臉厭倦地問。

「……二哥教我的。我哥的勝負欲可不是鬧著玩的，他不是像你一樣在賭場輸了錢，只是在學校輸了幾十萬，後來就去糾纏有名的老千，跟人家學的。最好的復習方法本來就是教別人，所以我就成了他的復習對象。」

素熙剛才獨自離開了。一到晚上十二點，她就會因為跟客人有約離開，因為有個男性顧客每週都會跟素熙預約、見面兩三次。

「你自己用過嗎？」

明天就是盼望已久的決戰日，平安夜。成俊用緊張的聲音問完，花英笑道：

「我怎麼可能只操作過一兩次。」

「那你為什麼會用到這個？」

奎元心裡也很好奇。

花英接收到奎元的視線，為難似的低下頭，一臉不想說的樣子。花英不覺得賭博技巧熟練是值得自豪的事，反而覺得這樣就像在奎元面前暴露出自己的弱點，幾乎不想顯露出來。現在他也皺著眉頭，拿起大衣穿上。

他打算離開時，成俊又叫住了花英。

「喂，尹花英。」

花英避開成俊要他回答的目光，對奎元勾起微笑代替招呼，然後看向成俊。

「走吧，我睏了。為了明天，大家都早點睡吧。」

成俊皺著眉頭一會，隨即一臉遺憾地站了起來。

‡

決戰日，平安夜。

晚上八點左右，花英先帶素熙去賭場。在賭場遇見勇佑後，花英介紹道：「我繼母，哥你也知道吧？我爸他……」

勇佑「啊～」了一聲。勇佑聽成俊說過，花英的父親是知名黑道幫派的首領。勇佑的視線將素熙從頭到腳掃視了一遍，雖然外表是個知性美人，但她的穿著打扮和妝容非常輕浮，一眼就能看穿是什麼樣的女人。他心裡湧上一股輕蔑。

勇佑暗自偷笑，繼母竟然是個看起來只是大學生的女人，花英也真可憐。而且，他居然得陪一個拿他爸的錢來賭場打牌的女人，尹花英也不行了呢。

勇佑指著七張撲克的牌桌道：「那桌怎樣？」

打扮得花枝招展的素熙用高傲的聲音問：「那桌是在玩什麼？」

「是七張撲克，如果您看過類似的比賽……」

素熙聲音尖銳地打斷勇佑親切的解說：「七張撲克？我不玩那個。」

聞言，勇佑皺眉反問：「那麼……？」

「我喜歡換牌撲克[5]。」

聞言，勇佑看向花英，花英就把手上的運動包提起來給勇佑看，說：「就讓她玩吧。」

5 換牌撲克：只使用五十二張牌，不用小丑牌。發牌前要先下大小盲注，跟德州撲克一樣，每人一次分得五張牌面朝下的牌。但跟德州撲克不一樣的是，換牌撲克可以換牌跟棄牌。

勇佑問「這都是現金嗎?」,花英就點點頭。

勇佑用吃驚的表情低頭看著素熙。這應該有幾億韓元吧。

「看來您是一位女賭神呢。」勇佑奉承道。

「哎喲,沒有啦,我只是當作興趣玩玩。」

素熙這麼說著,胸口悄悄貼到花英的手臂上磨蹭。

「我家那位說不管輸多少錢都無所謂,讓我玩得開心點,還用好價錢把位於清潭的大樓賣掉了。」

勇佑一臉傻眼地瞥了花英一眼,花英則翻了一個白眼。勇佑看見花英彷彿在說「我也討厭這女人」的目光,他收起輕蔑,露出溫和的表情。

素熙一坐到賭桌上,勇佑就用手臂勾過站在素熙身後的花英脖子,在耳邊低語:

「喂,你有聽說成俊的事嗎?」

花英反問他:「成俊的事?什麼事?」

勇佑的聲音壓得更低,「那小子已經毀了,我聽說他在這裡輸了十四億韓元。」

「十四億!」

花英大吃一驚,勇佑又說:「是啊,是我帶他來的,所以我愧疚到快瘋了。一個連牌都不會打的臭小子竟然賭那麼大……他每天都來這邊輸掉三四億。明明好幾天沒出現了,今天卻說還要再來，還說這次為了避免錢不夠，要帶十億過來，那小子根本瘋了！你最好也在你繼母變成那副德性之前，看她輸得差不多了就把人帶走吧。還有，坐在那邊的人。」

他悄悄搖搖頭，指向穿著深藍色西裝的男人。

「別去那男人的賭桌，他真的是個選手，成俊也是輸給他的。」

「我也聽他說過輸錢的事，但他說是因為旁邊的女人啊？」

「那個神經病，淨說些肥羊會講的話。是那男人在暗中幫忙的，畢竟那女人是這間賭場的老闆，現在成俊已經是這間賭場最大的肥羊了。」

「天啊！」

花英嘖了一聲。勇佑再三警告花英：「千萬別過去喔，跟真正的選手對上，你死也贏不了。七分靠運氣，三分靠實力這些話都是騙人的，你看過電影吧？」然後轉身離開。

勇佑剛離開，花英就叼起一根菸。

跟剛才表現給勇佑看的態度完全不同，以泰然自若的神情開始觀看素熙的牌局。

‡

奎元跟成俊抵達時是午夜時分，素熙已經輸了錢。成俊質問花英知不知道這是什麼地方，居然來這裡，並依照計畫，假裝跟花英吵起來。這時，奎元站到花英身後，成俊則說：

「啊，不管了，我要去打牌了……等等你變成我這副德行後來跟我抱怨，我可不管你。」

說完就走到莊家選擇的遊戲賭桌。

「哎呀，具部長，真常見到您呢。」深藍色西裝的男人跟中年女人與成俊裝熟。

此時，素熙按照劇本站了起來。

「天啊，成俊先生，我也和你一起玩吧。」

素熙就像剛才對花英那樣，妖豔地貼上成俊的手臂。

素熙一坐下就喊：「花英，來這裡！一起玩吧。」

聽到她既天真又不識相地大喊，一群賭徒都緊張起來，投來忌諱的目光。

勇佑眉頭一皺，不知道什麼時候走了過來，對花英說：「喂，你攔一下她吧。」

花英反倒生氣地說：「我要怎麼攔她！」

在這期間，素熙又朗聲喊道：「花英！」

人們投來更嚴苛的白眼。勇佑推了推花英，說：「你快去吧！再這樣下去，她會被人打死的。」

花英被推得往前踉蹌一兩步，輕聲碎念：「說什麼被人打死。」然而，見素熙又要開口大喊時，花英回了句「我這就過去」，堵上了她的嘴。

花英、素熙、成俊、中年女人還有深藍色西裝的男人，五個人圍在一起打牌。

花英問：「奎元哥也要玩嗎？」

奎元一聽，搖了搖頭。花英哼笑一聲，高舉著牌，行徑跟他教導其他人的打牌方式完全不一樣。

其他人確實跟花英不一樣，花英表現得跟在辦公室時截然不同。拿牌只捏著一半，偶爾還會掉下來，還把牌一一依序排好，不停看牌。

相較之下，素熙跟成俊打牌的態度都很沉穩，深藍色西裝的男人跟中年女人也一樣。

「花英，你的牌都曝光了，你那樣拿牌不行。」

吵鬧的素熙想教花英拿牌。

「小姐，這位美麗的女性，您人真好。」深藍色西裝的男人狡猾地奉承素熙。

「那有什麼用，我還不是輸了。」

聽見素熙的話，中年女性安慰輸了很多錢的素熙說：「哎呀，妳不知道七分靠運氣，三分靠實力嗎？再有點運氣就好了。風水不都是輪流轉的嗎？」

輸最多的素熙保持著輕鬆的態度，他們這一桌的氣氛自始至終都很融洽。

接著，原本輸牌的花英第一次贏牌，拿到做莊的機會開始洗牌時，中年女人的目光中瞬間閃過一道冷冽的光，之後又恢復原樣。

「這局玩換牌撲克。」

花英發著牌，跟中年女人對上視線。女人這時已經收斂了表情，稱讚花英道：「沒想到一個不會打牌的人，洗牌洗得這麼好。」

花英回答：「雖然我不太會打，但是我很喜歡洗牌，很帥氣啊。」

中年女人燦爛一笑，「那我勸你，打牌就跟抽菸一樣，最好都不要碰。」

「不過，男人如果不會打牌，很難在社會上站穩腳步啊。」

花英這麼說著，像剛才一樣把牌放在底下，只掀起一角。那一刻，素英配合時機大喊：

「沒錯，花英！牌就是要這樣看！」

「真不方便，直接拿起來看比較方便啊。」花英面帶笑容地說。

中年女人看到自己的牌，頓時露出苦惱的表情。過了一會，牌局開始時，女人喊道：

「加注五十萬，共兩百萬。」

隨著賭注越來越大，本來融洽的氣氛中摻雜了一絲緊張。

素熙看見花英撐著下巴，用手指點點太陽穴，就裝出猶豫的樣子大喊：

「哎呀，很好。讓我沾沾有錢老公的福氣吧，再加一百萬。」

接下來輪到成俊。成俊眨了眨眼睛，一臉摸不透的神情。成俊跟中年女人對上目光，女人聳了聳肩。成俊又看向素熙，素熙則討人厭地說：「成俊先生，沒信心會死的，別拖時間。」

接著，大家看向深藍色西裝的男人，又看向花英。

花英依舊托著下巴，手指在太陽穴上動了動。

「……錢是死的，人可不是。我跟隨素熙小姐，讓我也沾沾有錢老爸的福氣吧。加注，兩百萬。」

深藍色西裝的男人喊了聲：「跟注。」

賭金來到四千萬。換牌後，牌局繼續進行。

「加注三千萬。」

花英這麼說時，牌桌上一直很和樂的氣氛消失得無影無蹤，緊張到若有誰稍有不慎，戰火一觸即發。

花英跟深藍色西裝的男人對上眼，儘管對方的目光銳利，花英依舊面帶微笑。

中年女人露出迷人的微笑，道：「是吃了熊心豹子膽嗎？」

素熙粗魯地丟出牌，「棄牌。」

牌桌上繼續換牌。跟剛才一樣，換牌的人只有花英跟成俊而已。

「加注五千萬。」

中年女人一宣布加注，成俊就大嘆了一口氣。他猶豫片刻後說：「棄牌。」把牌丟出去。

此時，花英咬了咬指甲。

至此，這場賭局的賭注超過了一億五千萬。

深藍色西裝的男人皺起眉，手指敲著桌面說：「棄牌。」

花英再度換牌。

「我把帶來的錢都丟進去，然後結束這一局吧，我投兩億。」

聽見花英這麼說，中年女人的視線不安地游移，賭局規模已經超過了三億五千萬。她不停張嘴又闔上，然後閉上眼。

要是這局輸掉，她就玩完了。她的牌是最大的順子，沒有好到可以讓她賭上一切。

「媽的，難怪我作了惡夢。」

中年女人把牌往桌上一丟，咬牙切齒地宣告：「棄牌。」

「謝了。」

花英用手把累積起來的籌碼都撈回來。素熙一副吵吵鬧鬧地喊著「到底是什麼牌？」，然後掀開花英的牌。

雖然中年女人跟深藍色西裝的男人都對這無禮的舉動皺起眉，但他們似乎都很好奇自己輸錢的理由，關注著素熙的態度。

花英皺起眉時——

「天啊，花英，你太壞了，你只有一對！」

奎元瞄了一眼花英的牌，確確實實是一組葫蘆。

素熙也看到牌面，卻仍淡然自若地說是一對，使深藍色西裝的男人跟中年女人的表情同時扭曲起來。他們似乎被這種牌面騙了。

成俊同樣表現得很委屈，大喊說：「你詐唬[6]！」

沒有人會因為對手拿到一手好牌輸牌而不甘心，但如果是遭到詐唬誘導，失去一大筆錢就不一樣了。雖然深藍色西裝男人跟中年女人都像職業玩家笑著，內心卻不甘心到快瘋了。

誰會想到他是詐唬。

如果拿到好牌，他就不可能一直換牌，但若要確認對方是不是詐唬，這局的賭注金額又太大了。奎元看著那兩人既自責又激動，頓時理解了花英為何刻意要素熙說謊，是為了讓他們失去理智。

果不其然，中年女人的步調開始亂了。最後中年女人的錢全輸光了，率先離開賭桌。

花英看著女人搖搖晃晃地站起身、走進休息室的背影，燦爛一笑。

「我們繼續吧？哥，您要坐嗎？」

雖然花英笑著問，但表情告訴奎元他必須拒絕。奎元搖搖頭。

「不了，花英先生，我看你們玩就好。」

6 詐唬：指手中的牌不好時，利用下注跟加注，讓對手棄牌。

在位子空著的狀態下又打了兩局後，迅速坐上座位的是勇佑。

「天啊，尹花英，你贏很多嘛。哦？成俊好像也終於有了手感呢。」

雖然成俊會贏都是託花英輔助的福，可是成俊泰然自若地道：

「是啊，都說七分靠運氣，三分靠實力，看來是我轉運了。哥，你要在這裡玩嗎？」

「若不是現在，那位高貴的尹花英還會再坐上牌桌嗎？這時候我也得一起玩啊。」

聽見勇佑的話，素熙在旁邊低語。

「要不是我家哥——先生今天有急事不能來，花英應該也不會來，來了也皺著眉頭。」

素熙像小鳥一樣討喜，嘰嘰喳喳講個不停。

「你看，來對了吧，花英？你贏了很多啊！根本是個高手。你這個騙子，還說不會打牌！」

就算素熙抱怨，花英也只笑嘻嘻的。大約過了兩小時的時候，花英突然問：

「哥，我的臣服者如何？」

聞言，勇佑抬眼瞥了奎元一眼。奎元一臉難堪地垂下眼，但勇佑沒發現他的那股難堪相當微妙。

「很帥呢。」

「嗯，很讚吧？你們是在去年聖誕節之後第一次見面吧？」

勇佑緩緩地回答花英的問題：「不，你上個月不是有去地牢玩嗎？我們有擦肩而過。」

勇佑的目光在極短的時間內狠狠地將奎元舔過一遍。勇佑的目光像在打量貨物的價值，讓奎元好不容易才忍著不嘆氣。

奎元抬起眼片刻，目光稍微與素熙輕觸。拿到牌的素熙大喊加注。

「加注！賭上我所有的錢！」

這稱為無限注[7]，但這麼做既愚蠢又蠻橫。大家似乎都對這驚人的賭注感到傻眼，紛紛喊出「棄牌」。既然投入的錢都打水漂了，也沒必要非得確認對方是不是詐唬。

但花英不一樣。

「您有多少錢？」

花英露出不喜歡繼母的冷酷微笑。

「一億……兩千萬左右？」

「我接受挑戰，您要換牌嗎？」

素熙的表情狼狽，沒想到會這樣。

花英搖搖頭說：「亮牌吧。」然後翻開自己的牌。是兩對。素熙只一臉慌張地眨眨眼，粗魯地踹了一腳桌子後站起來。

她露出「剛才只是開玩笑說花英詐唬而已，沒想到花英會這麼對她」的表情。奎元慌張地

7　無限注：這裡指的是玩家可投入任意金額籌碼，或一次投入所有籌碼，加注次數亦沒有限制的玩法。

抓住素熙。

「夫人。」

「啊，你放手！」

素熙用力甩開奎元的手，走掉了。

氣氛頓時冷了下來，勇佑豪爽地笑了。

「真是沒血沒淚。尹花英，你怎麼知道她詐唬？」

聞言，花英一邊洗牌一邊用慵懶的聲音回答：「她對我眨眼了。」

素熙這是跟自己人開玩笑，卻被自己人捅了一刀，不曉得有多嘔。

勇佑思考了一會，反問道：「你該不會是為了耍她，才跟她一起來的吧？」

花英聳聳肩，「天曉得。」

「你是想給信任你這張臉的繼母一點顏色瞧瞧？」

「這個嘛……如果有機會，我是想那麼做。」

這句話又讓氣氛變得冰冷，花英露出殘酷的笑容。

「既然都這樣了，我們來認真地玩吧。啊，可是我的錢有點不夠吧？」

聞言，成俊把自己的籌碼推給花英，說：「用我的錢玩。」

「你呢？」

被花英跟勇佑同時問道，成俊聳聳肩。

「我得去跟著素熙小姐，這一帶管得很嚴啊。」

成俊喊著「你贏了的話，我們平分」就離開了。

因此，花英將素熙跟成俊的本錢整合為一，這筆錢加起來稍微超過十四億。素熙加注後輸錢當然也是花英寫好的劇本。他們說好了，若是花英提到自己的臣服者並指向奎元，下一局就要在一開始就押上全額，花英因此得到了資金，能騙取深藍色西裝男人的本錢。

花英叼起一根菸。他一把菸叼到嘴邊，奎元就幫他點火。花英跟深藍色西裝的男人都叼著一根菸，看著彼此，所有人都看著花英泰然自若地和男人對望。

抽完一根菸後，花英在菸灰缸上捻熄菸蒂。他張開鮮紅的嘴唇，發出悅耳動人的聲音。

「加注五億。」

花英的聲音宛如審判者，比黑暗更圓潤冰冷，在人們腦海中迴盪。

「和你手上的錢差不多。」

帶著素熙回來的成俊來回看著藍色西裝男人跟花英，緊張地說：「再加七億就贏了呢。」

花英用纖細修長的手指，把籌碼往中間推，「總共十二億。」

深藍色西裝的男人嚥下一口口水。

「過牌……我想一下。」

男人像職業選手一樣遊刃有餘。他盯著籌碼的樣子很凶狠，但也僅此如此。他看著對面的男人，叼起菸並用打火機點燃。結果喀嚓——手指一滑，打火機掉到了地上。他盡可能不動聲色又泰然自若地把打火機撿起來，再次握在手裡，只用毫不在意的神情垂下眼。

賭桌中間堆著一疊牌，還有堆積如山，就快傾倒的籌碼。而坐在賭桌另一頭的對手一直在換牌，兩張、兩張再兩張。

男人的腦袋高速運轉，猜想著對方哪來的自信加注。最後，他還是在最後關頭湊成了最強的好牌嗎？從他攻擊的氣勢來看，他手上不是好欺負的一對，至少是同花順。

男人想起自己的牌——難道他只能拿著四條去死嗎？容貌漂亮到像個女人的那男人，手裡的牌到底是什麼？如果要壓下四條，那男人就要拿到同花順，但考慮到拿到同花順的機率，運氣也太好了吧？而且洗牌的不是他，他沒辦法做牌。在這個情況下，他居然拿到四條，有股濃烈的詐賭氣息。

這男人雖然長著一張好欺負的臉，卻不容小覷。他剛才拿到了做莊的機會，不就詐唬，大贏了一把嗎？他是個詐唬高手，說謊的機率很高。但他明明拿到了做莊的機會，而且這遊戲有個玩法叫莊家選擇，要跟他說這男人沒有耍詐？

男人瞥了坐在他身旁的人一眼，再次陷入思考。

花英應該是詐唬，但如果要確認這點，他就必須先賭上十二億。但他手裡的牌是四條，如果沒有登場機率六萬分之一的同花順就所向無敵，而且，他們用的牌是確實是賭場裡的牌。

男人熄滅香菸，開口：「亮牌，結束這一局吧。」

花英也捻熄香菸。

男人說：「你拿到同花順就贏了。」

花英聳聳肩。

難道他手裡的牌不是同花順？男人的臉色一亮，花英掀開牌。

「七的四條。」

男人手裡寫著「二」的牌無力地掉下來。

花英宣布不玩了並站起身時，勇佑跟了上來。

「你是怎麼做到的？」

成俊跟奎元在身後匆忙地收錢，男人則用舌頭滋潤乾涸的嘴脣，看著那些錢被裝進奎元帶來的黑色運動包裡。

花英像成俊當初被騙時一樣，替他報仇了！成俊很想抱住花英大聲歡呼，但他保持著他特有的痞子笑，默默地收錢。

來賭場前，花英清楚地警告過大家。

『比起贏錢，更難的是安全地把錢帶進去再帶回來，所以別傷到別人的自尊心。』

把其他人拋在身後，花英坐上擺在角落的沙發。賭場的女員工端來一杯咖啡時，即使神情疲憊，花英也對對方露出笑容。

「謝謝。」

面對花英的笑臉，女員工勉強擠出笑容。深藍色西裝男人明顯是賭場員工，卻不能大剌剌地表現出來，因為這代表賭場詐取客人的錢。

花英接過咖啡，勇佑也伸出手，員工就遞給他裝著咖啡的免洗紙杯。女員工向他們行注目禮後離去，勇佑跟花英並肩坐著，欣賞著充滿喜怒哀樂的賭場。

一直在觀察花英臉色的勇佑問道：

「Stacking[8]嗎？」

花英沒有回答，但他的沉默反倒代表了肯定。他一開始就給了對方四張二，他還以為對方會一直換最後那張牌，把賭注養大，沒想到對方選擇了過牌。反正對方就算要換牌，也只能換一張，花英就把自己想要的牌放到了後面。

他必須把男人持有的廢牌一起換牌，他還很擔心對方會不會發現自己三次換牌都換了兩張，但男人似乎沒料到花英這個普通人會Stacking這項技術。一開始花英演了很多戲，讓對方放鬆警戒的計謀正好奏效了。

8 Stacking：洗牌時，將自己想要的牌送到牌組底部的技術。

勇佑回想起最後一局，忍不住佩服。

「真了不起，你演得一點也不僵硬。那個人還是選手……」

「哥，你動手術[9]了吧。」

像在表示沒必要再聽他多說廢話，花英果斷地問道。那不是問句，是肯定句。

「這家賭場的股東是你吧？不然，那些人為什麼都忙著看你的臉色？」

花英的語氣一如既往，勇佑的表情卻扭曲起來。

他「哈！」地假笑一聲，猶豫片刻後，沒有回答花英的話，反倒問花英：

「成俊也知道嗎？」

聞言，花英搖搖頭，然後盯著勇佑。

「你希望我告訴你原因嗎？」

勇佑說完後低下頭。出乎意料地，他看起來是真的在苦惱。

他想告訴花英，又希望就這樣含糊帶過，這兩種複雜的心情似乎正折磨著他。

勇佑感受到花英的目光，緩緩抬起頭。不久前裝作一無所知、兩人很要好的神情都從那張臉上消失，變回冷酷的男人。

「看你吧。」

9　動手術：把認識的人拐騙到賭場，用詐賭贏取對方的錢。

花英喝光咖啡，慢慢陷入沉思。
勇佑家不如古今半導體那麼大，卻也算得上準財閥，勇佑沒有非要對成俊動手術的道理。
從賭場運作的模樣來看，明顯花了龐大的資金，依勇佑的個性來想，不會為了一點小事就冒險，剛才也是如此。
深藍色西裝的男子在最後一次下注時，明顯看了勇佑一眼，那是等待上司做決定的目光。勇佑按兵不動，那男人才選擇梭哈。
想安全賭博本就是不可能的事，但這個決定太過冒險了。勇佑有非得做到這種地步的理由嗎？花英垂下目光。
復仇——可以這麼想嗎？
動腦想了想，花英毫不忌諱地問：「你為什麼要動手術？」
「幹，在賭場動手術還能為了什麼，為了錢啊。」
花英沒有被勇佑這番明顯在騙人的謊言騙到。
勇佑又道：「損失一筆錢就夠讓我胃痛了，你還在亂說什麼。」
花英聽了，揚起單邊嘴角。
「你說身為賭場老闆、財閥家兒子的你，是為了錢去動成俊？你現在不會是要我相信這些鬼話吧？」

即使看著花英一如既往的燦爛笑臉，勇佑還是打算否認。但是當他跟花英對上目光，勇佑就像著了魔一樣張開嘴。

後來花英心想，也許勇佑是想向別人傾吐心中的不快。

總是充滿自信的勇佑露出哀傷又悲痛的神情，甚至讓人頓時忘了他的冷酷。

「成俊那臭小子……居然把我的監控錄影帶賣給跟蹤狂，還對跟蹤狂臣服者睜一隻眼，閉一隻眼。」

花英握緊紙杯，想起勇佑的遊戲風格。姜勇佑具有殘酷的支配者傾向，雖然技巧純熟，但他的殘暴性癖沒辦法靠技巧掩飾過去。他特別喜歡玩排泄物遊戲，享受野外調教……

花英又想起成俊的遊戲風格。成俊喜歡打屁股，喜歡讓對方痛苦更勝過羞辱對方，與其說是支配者，更像是虐待狂……

「你在開玩笑吧？」

花英用慌張的口吻一問，姜勇佑轉過身低聲道：

「我也希望那不是真的。」

花英手裡洗著花牌，發出沙沙聲響，奎元則在下面積極地舔著花英的性器。

花英陷入慵懶的快感中，但是依舊無法理解突然以自己的身體當賭注、提議要玩遊戲的奎元，又十分意外。

奎元到底想做什麼？他明知花英是高手，還提議要玩花牌。

花英抓著奎元的頭髮，緩緩移動。他的表情相當迫切，可是他卻提議做其他事情，又偏偏選了花牌。

第一局輸的時候，奎元不得不脫光所有衣服。第二局輸的時候，奎元自己打開後穴，把按摩棒插了進去。第三局輸的時候，他在花英面前搓揉自己的乳頭，達到高潮。第四局輸的時候，他打開按摩棒的開關，幫花英口交。

沒錯，這次是第五局了。

奎元是對花英的身體有非常不滿的地方嗎？還是他非常想玩什麼玩法？

花英往奎元的喉嚨灌入一道暖流，腦袋一片混亂。他掐住奎元的脖子、享受高潮後，威脅奎元道：

「接下來我會餵您喝尿。」

花英知道奎元非常討厭這種行為，所以只是說說而已，反正奎元贏不了他。

但奎元點點頭，站起來坐到花英的對面。

「您餵吧。」

「我不會餵您喝尿，但搞不好還會尿在您體內喔。用小便浣腸很痛苦喔。」

即使花英這樣威脅他，奎元依然完全不屈服，只靜靜地等著花英發牌。

花英頓時難堪似的舔過嘴唇，開始發牌。

奎元顫抖的手指微微掀起牌一看，是兩張黑色的牌，也就是兩張一月。這是他玩到目前為止拿到最弱的牌。想到花英的威脅，奎元不知該如何是好。

對面的花英問：「要賭嗎？」

「賭。」

聽見奎元的話，花英眉頭緊蹙。他把牌丟出來，是兩張動物牌。奎元一開始就贏了[10]，顯然是花英故意讓他贏的。如此一來，不管奎元提出什麼要求，花英都得接受。

奎元放下心來，不自覺地嘆了口氣。

「您有什麼要求？」

花英問道，奎元再次長嘆了一口氣。他這次嘆氣是為了堅定決心。

花英以悠哉的態度等著奎元回答，臉上露出些許恐懼，不曉得奎元想提出什麼要求。那張臉就像兩人初次見面時一樣，貌美如花，十分好看。就連傲慢的目光都像它的主人，十分討喜。

10 奎元拿到的兩張一月，是第三大的牌，而花英拿到的兩張動物牌，是第十一大的牌。

奎元開口：「以後別去跟女人聯誼了……就這樣。」

當奎元走進廁所，要做善後處理之際，花英大笑出聲。

花英笑了很久，瘋狂大笑。

在把臉埋在餐桌上狂笑不止的花英，以及步履蹣跚地走向廁所的奎元之間，窗戶外頭正下著雪。

——《獨寵 An an》完

高寶書版集團
gobooks.com.tw

CRS051
獨寵 下
앙앙

作　　者　그웬돌린 (Gwendolyn)
譯　　者　子衿
編　　輯　陳凱筠
設　　計　林檎
排　　版　彭立瑋
企　　劃　黃子晏

發 行 人　朱凱蕾
出　　版　朧月書版股份有限公司
　　　　　Hazy Moon Publishing Co., Ltd.
地　　址　臺北市內湖區洲子街 88 號 3 樓
網　　址　www.gobooks.com.tw
電　　話　(02) 27992788
電　　郵　readers@gobooks.com.tw（讀者服務部）
傳　　真　出版部　(02) 27990909　行銷部 (02) 27993088
郵政劃撥　19394552
戶　　名　英屬維京群島商高寶國際有限公司臺灣分公司
發　　行　英屬維京群島商高寶國際有限公司臺灣分公司 / Printed in Taiwan
　　　　　Global Group Holdings, Ltd.
法律顧問　永然聯合法律事務所
初版日期　2024 年 7 月

國家圖書館出版品預行編目 (CIP) 資料

獨寵 / 그웬돌린著 ; 子衿譯 . -- 初版 . -- 臺北市 : 朧月書版股份有限公司出版 : 英屬維京群島商高寶國際有限公司台灣分公司發行 , 2024.06-2024.07
　面 ;　公分 . --

譯自 : 앙앙

ISBN 978-626-7362-71-6 (上冊 : 平裝). --
ISBN 978-626-7362-72-3 (下冊 : 平裝)

862.57　　113006228